Manfred Theisen • Checkpoint Jerusalem

Eine Liebe in Zeiten des Terrors

© Random House/Isabelle Grubert

DER AUTOR

Der Autor und Politologe Manfred Theisen arbeitete als Zeitungsredakteur und forschte im Nahen Osten. Seine Lesereisen und Recherchen führten ihn in die arabischen Staaten. Heute lebt er mit seiner Familie in Köln.

Weitere lieferbare Bücher bei cbt:

Amok (30175)
Täglich die Angst (30363)
Weil es nie aufhört (30902)
Checkpoint Europa (31076)

Manfred Theisen

CHECKPOINT JERUSALEM

Eine Liebe in Zeiten des Terrors

cbt

Der Verlag weist ausdrücklich darauf hin, dass im Text enthaltene externe Links vom Verlag nur bis zum Zeitpunkt der Buchveröffentlichung eingesehen werden konnten. Auf spätere Veränderungen hat der Verlag keinerlei Einfluss. Eine Haftung des Verlags ist daher ausgeschlossen.

Dieses Buch ist auch als E-Book erhältlich.

MIX
Papier aus verantwortungsvollen Quellen
FSC® C014496
FSC www.fsc.org

Verlagsgruppe Random House FSC® N001967

1. Auflage
Neuausgabe im cbt Taschenbuch Juni 2016

Lektorat: Uwe-Michael Gutzschhahn
Umschlaggestaltung: init | Kommunikationsdesign, Bad Oeynhausen unter Verwendung mehrerer Motive von Thinkstock (BackyardProduction, JenAphotographer, Edward White)
he · Herstellung: wei
Satz: Uhl + Massopust, Aalen
Druck und Bindung: GGP Media GmbH, Pößneck
ISBN: 978-3-570-31107-3
Printed in Germany

www.cbt-buecher.de

Für Christiane,
Madita und Marlene

1.

»Komm endlich!«

Marie lässt das Lenkrad los, stützt ihren Arm auf den Beifahrersitz und ruft aus dem Fenster: »Jetzt mach schon, Sabreen! Wir warten!« Dann dreht sie sich nach hinten und sagt zu Amer, der den Rucksack vor seinen Füßen verstaut: »Was macht sie denn noch so lange?«

»Weiß nicht.«

»Es ist gleich halb zehn.«

»Das musst du mir nicht sagen, Marie. Ich muss nicht ins Krankenhaus, sondern sie.«

»Kannst du sie nicht holen?«

In dem Moment tritt Sabreen aus dem Haus, die schwarzen Haare hochgebunden und unter dem Kopftuch verborgen; sie trägt verwaschene Jeans, Bluse und Jeansjacke. Die künstlichen Steine, die auf den Brusttaschen aufgesetzt sind, funkeln grün, gelb und blau in der Sonne.

»Wir müssen«, sagt Marie noch einmal vorwurfsvoll, dann dreht sie den Zündschlüssel. Und noch mal. Jetzt erst ruckt der Ford Escort unwillig an und hustet Ruß. Marie drückt das Gaspedal im Leerlauf durch, um den Motor freizubekommen. Dann geht es die Straße hinunter nach Jerusalem, vorbei an Ahmeds Fleischerei, Optiker Jaber und den gackernden Hühnern der Metzgerei neben Amers Haus.

Alle zwei Wochen muss Marie mit Sabreen zur Blutwäsche nach Jerusalem und immer trödelt Sabreen. Sie hat sich auf die Rückbank gelegt, den Kopf auf Amers Schoß.

»Seht euch das an«, sagt Marie. »Anscheinend wollen die israelischen Soldaten überhaupt keinen Palästinenser mehr durchlassen.«

Vor dem Checkpoint nach Jerusalem staut sich der Verkehr. Die Soldaten durchsuchen einen Minibus. Etwa zehn Leute haben in den Bussen – meist Ford Transit – Platz. Sie sind das Hauptfortbewegungsmittel der Palästinenser.

»Das kann Stunden dauern«, sagt Marie und fackelt nicht lange. Sie fährt sofort auf die linke Straßenseite – vorbei an den wartenden Fahrzeugen, die ihre Motoren laufen lassen, als hofften sie, es ginge gleich weiter. Marie müsste jetzt die Schlange kreuzen, sie durchbrechen, um auf der anderen Seite in eine winzige Nebenstraße einzubiegen.

»Können Sie nicht ein bisschen zurücksetzen?«, fragt Marie den bärtigen palästinensischen Fahrer, der keine Lust hat, Platz zu machen. Sie hupt, fährt ihm fast in die Seite. Hupt wieder.

Die israelischen Soldaten stehen mit ihren Maschinenpistolen im Anschlag am Kontrollpunkt. Sie blicken kurz zu dem blauen Escort hinüber, der, knapp 50 Meter von ihnen entfernt, die dösende Schlange aufmischt. Dann nehmen sie weiter den Minibus auseinander.

Endlich. Der palästinensische Fahrer macht Platz und Marie quetscht sich durch. »Mit ein bisschen Höflichkeit geht's doch.« Marie ist fast sechzig. Niemand, der sie mit ihren zerzausten, schulterlangen blonden Haaren am Steuer sitzen sieht, käme auf die Idee, dass sie einem evangelischen Orden angehört, im sittsamen Davos aufwuchs, dort in einem Sanatorium zur Krankengymnastin ausgebildet wurde und heute die Leiterin eines palästinensischen Waisenhauses ist.

Marie fährt über den Schleichweg. Die halb zerstörte Straße ist die einzige Chance, mit Sabreen nach Jerusalem zu gelangen. Das Mädchen ist sechzehn und besitzt bloß einen orangen Pass, mit dem sie nicht von Bethanien nach Jerusalem reisen darf. Nur wer einen blauen, einen israelischen Pass hat, Jerusalemer oder Israel-Araber ist, kann die Checkpoints zwischen Palästina und Israel ohne spezielle Genehmigung passieren. Die Übrigen wie Sabreen versuchen, irgendwie auf Nebenstraßen um den israelischen Kontrollpunkt herumzukommen. Das wissen natürlich auch die Israelis und machen deshalb mit Panzern und Bulldozern die Schleichwege schwer passierbar. Marie überholt einen Mann auf einem Esel und weiter jagt der blaue Kombi den Berg hinauf, umschifft Schlaglöcher und Asphaltstücke und wackelt dabei mit dem Heck wie eine Biene mit ihrem Hinterteil beim Tanz.

»Pass auf!«, sagt Amer.

Da schrammt Marie auch schon an einer Hauswand entlang. Zurück bleibt ein blauer Kratzer vom Seitenspiegel.

»Wir müssen uns beeilen«, sagt Sabreen.

Marie explodiert fast bei diesen Worten. Aber als sie

sich umsieht und in Sabreens schelmisches Gesicht blickt, muss sie lachen. »Du willst mich nur ärgern.«

Sabreen nickt und Amer streichelt ihr über die Wange. Die beiden waren ein halbes Jahr zusammen, gegen den Willen von Amers Vater, einem strengen Katholiken. Der wollte nicht, dass sein Sohn eine Muslima aus dem Waisenhaus nimmt. Und dann, als er sich endlich abgefunden hatte, war es aus zwischen den beiden – Amers Streicheln ist nur noch eine Angewohnheit. Eigentlich wollte er nicht mal mehr mit zur Klinik kommen, damit Sabreen sich keine falschen Hoffnungen macht. Auch Sabreen weiß das, genießt aber trotzdem seine Nähe.

»Das Schlimmste haben wir geschafft«, sagt Marie.

Die höchste Stelle ist erreicht.

Die Altstadt von Jerusalem liegt unten im Tal hinter der mächtigen Mauer, ein gesunkenes Schiff aus sandigen Farben, durch das Menschen wie Korallenfische schwimmen. Juden, Moslems, Kopten, Katholiken, Protestanten. Gläubige und Ungläubige. Jede Hautfarbe, jede Religion, alle wohnen in diesem Labyrinth, diesem Drunter und Drüber, füllen jeden Winkel mit Leben. Während die goldene Kuppel des Felsendoms neben der Al-Aksa-Moschee die ersten Strahlen des Tages einfängt, kontrolliert ein Militärhubschrauber den Himmel über Jerusalem, bewacht die Klagemauer, an der die Juden beten und ihre Oberkörper hin und her wiegen wie Flammen im Wind.

Marie schaltet in den Leerlauf. Der Wagen rollt hinab und zieht einen Schal aus Staub und Ruß hinter sich her. Die Schlaglöcher sind kratergroß und die Vorgärten der

Häuser winzige Handtücher, sie bieten gerade genug Platz für einen Olivenbaum, einen Feigenbaum, Tomatensträucher und ein paar Stühle im Schatten. Vorüber geht es an einem Rohbau, in den niemand mehr einziehen wird, weil er nicht mitten im Krieg leben will.

»Na, da hast du dich ganz umsonst aufgeregt«, sagt Amer, als sie endlich wieder auf die Asphaltstraße biegen. »Den Schleichweg haben wir hinter uns und noch fast eine halbe Stunde Zeit.« Kaum ein Auto ist in ihre Richtung unterwegs. Alle sitzen am Checkpoint fest.

»Die Israelis müssen einen Tipp bekommen haben, sonst hätten sie den Minibus nicht so auseinandergenommen.«

»Die brauchen keinen Tipp, Marie. Die wollen nur Stress machen«, sagt Sabreen und setzt sich auf. Sie sieht zwischen den Vordersitzen hindurch. »Ganz ruhig, Marie. Du musst die Karre nicht mehr so heizen.«

»Ja, stimmt.«

Genau da setzt der Ford auf. Es knackt, als hätte jemand eine Betonsäule durchgebrochen.

»Was war das?«, fragt Amer.

Ein schabendes Geräusch unter dem Wagen.

»Weiß nicht.«

Der Wagen wird langsamer – aus.

»Und jetzt?«

Marie zuckt mit den Schultern, überlegt einen Moment und steigt aus – Amer und Sabreen folgen.

Amer bückt sich und robbt unter den Escort. »Die Achse«, sagt er und kommt, in Staub und Dreck gehüllt, wieder vor. »Gebrochen. Mahmud muss uns abschleppen.«

»Wie bitte? Meinst du, die lassen Mahmud am Checkpoint durch, weil seine Freunde gerade unerlaubt über den Schleichweg nach Israel gefahren sind?« Marie schimpft – über den Checkpoint, über die Soldaten, über... »Die lassen unsere Leute nicht her und Sabreen kommt nicht in die Klinik.« Mit *unsere Leute* meint Marie die Palästinenser. Obwohl sie bis heute einen Schweizer und keinen arabischen Pass besitzt, fühlt sie sich wie eine von der Westbank, eine Palästinenserin. Marie hat jüdische Freunde, kennt die jüdische Gemeinde wie ihre christliche, doch sie lebt schon seit 19 Jahren in den besetzten Gebieten, einen Steinwurf von Jerusalem entfernt, mitten zwischen Palästinensern, und leitet das Waisenhaus, in dem drei Jungen und zwei Mädchen wohnen. Die Schweiz ist ihr so fremd wie Jerusalem der Schnee. Und Sabreen, ihre Schwester Haya und die Jungen Tariq, Jamal und Omar sind ihr so nah, als wären sie ihre eigenen Kinder.

»Ein Auto«, sagt Amer und zeigt auf den Volvo, der ihnen den Berg hinab entgegenkommt. Amer stellt sich mit seinem Rucksack auf die Fahrbahn.

»Was machst du?«, sagt Marie noch, als der Volvo schon neben ihnen anhält. Das Mädchen auf der Rückbank zischelt ihrem Vater etwas zu. Er lässt die Scheibe runter.

»Können Sie uns helfen?«

Amer registriert erst jetzt, dass der Fahrer Jude sein muss. Der Wagen hat ein gelbes, ein israelisches Nummernschild – Palästinenser haben grüne. Und unter dem Autoradio hängt die blau-weiße israelische Flagge mit dem Davidstern.

»Können Sie uns bitte zum Ölberg in die Klinik fahren?«, fragt Amer stockend.

Der Fahrer sieht ihn erstaunt an, und Amer sagt: »Sabreen muss dringend zur Blutwäsche. Wir haben einen Termin. Sie ist krank.«

Wieder keine Reaktion des Israelis.

»Lass sie einsteigen, Papa.« Die Tochter redet in Hebräisch auf ihren Vater ein, und ihre Mutter auf dem Beifahrersitz sagt: »Hör auf Maya.«

Während Sabreen kaum Hebräisch, sondern eigentlich nur Arabisch und ein wenig Englisch versteht, weiß Amer genau, was das Mädchen jetzt erklärt: »Sie sind in Not. Das sind keine Terroristen. Das sind einfache Leute, die in Not sind.«

Amer nickt ihr zu und lächelt sie freundlich an.

»Ihre Tochter hat recht«, sagt Amer auf Hebräisch. »Bitte, nehmen Sie uns mit. Es ist kein Umweg für Sie. Die Straße führt fast an der Klinik vorbei.«

Marie sagt: »Ich bleibe beim Wagen und warte, bis Mahmud durchkommt«, da klappen auch schon die Türen des taubengrauen Volvo zu, und er verschwindet hinter der nächsten Biegung.

Im Wagen ist es kühl.

»Klimaanlage?«, fragt Amer. Keine Antwort. Amer würde sich am liebsten auf die Zunge beißen. Jedes Kind weiß, dass die Autos der Israelis alle Klimaanlage haben.

Der Vater trägt keinen schwarzen Hut, nicht mal ein gewebtes Käppchen, die Kippa. Ein orthodoxer Jude ist er also nicht, sondern wohl eher liberal, denkt Amer. Das Mädchen neben ihm auf der Rückbank schweigt. Sie legt sich ihr braunes Haar hinter die Ohren. Es hält nicht. Schließlich spielt sie mit den Haarenden vor ihrem Gesicht. Sie ist fast so groß wie Amer, die Augen sind wach und dunkelbraun, auf ihrer Nase sitzt ein kleiner Sattel aus Sommersprossen.

Amer beobachtet sie im Rückspiegel, die beiden Grübchen neben den Mundwinkeln, die Lippen, mit denen sie die Haarspitzen benetzt, ihre dichten Augenbrauen und wieder die leicht glänzenden Lippen – dann spürt er sie. Ihre Jeans an seiner, er fühlt die Wärme, die sich von dem Mädchen zu ihm überträgt. Es ist nur an einem Punkt, aber es ist ein gutes Gefühl.

»Ich heiße Maya«, sagt sie und sieht ihn auch über den Rückspiegel an.

Hat sie die ganze Zeit gesehen, dass er sie anstarrt? Cool bleiben, denkt Amer und sagt: »Ich heiße Amer.«

Die Straße fällt steil ab. Mittlerweile sind wieder mehr Wagen unterwegs, hinzugestoßen aus den umliegenden Dörfern.

»Warum müsst ihr in die Klinik? Ich hab das nicht verstanden.«

Sabreen schweigt.

»Weil sie krank ist«, antwortet Amer. »Satimalysia hieß die Krankheit, die sie mal hatte. Durch eine Knochenmarktransplantation ist sie vor vier Jahren geheilt worden. War eine ziemlich teure Geschichte. Aber jetzt ist alles gut. Bis auf ihr Blut, es hat zu viel Eisen.«

Eine richtige Erklärung ist das nicht, doch Amer ist zu nervös, um die passenden Worte auf Hebräisch zu finden.

Sabreen schweigt und scheint genervt.

»Jedenfalls muss sie regelmäßig zur Blutwäsche«, sagt Amer, »weil sie damals zu lange bis zur Transplantation warten musste. Jetzt haben die Ärzte Angst, das Eisen im Blut könnte ihre Leber angreifen. Hm, ist alles ziemlich kompliziert.«

»Macht nichts«, sagt Maya.

»Mir schon«, fährt Sabreen auf Arabisch dazwischen und verlangt: »Ich will aussteigen.«

»Was ist denn jetzt los?«

»Du weißt genau, was los ist, Amer.«

Amer weiß es nicht und Mayas Vater reagiert nicht. Er scheint kein Arabisch zu verstehen.

»Sag schon«, wiederholt Amer. »Was hast du?«

Sabreen sagt nicht, dass sie eifersüchtig auf dieses Mädchen, auf diese hübsche Israelin ist, die mit einem blauen Pass leben darf und sogar ein wenig Arabisch spricht, die hübsch lächelt und deren Vater diesen dicken Volvo fährt.

Für einen Moment hat Amer Mayas Bein nicht mehr gespürt. Doch jetzt fühlt er wieder die Wärme und ihre Nähe. Das Tal von Jerusalem ist erreicht und Mayas Eltern diskutieren über die Gebühr für den Sicherheitsdienst an der Schule. Hinter der Kirche der Nationen biegt Mayas Vater rechts ab, den Berg hinauf, als wolle er den beiden Apache-Hubschraubern entgegenfahren, die über der

Kirche Augusta Victoria in der Luft stehen. Von dort fliegen sie im Ernstfall los und beschießen mit ihren Raketen Ziele in Ramallah. Zu sehen ist die palästinensische Stadt nicht, nicht mal der Einschlag der Raketen wäre von hier aus zu hören.

»Da sind wir. Das Krankenhaus«, sagt Mayas Vater.

Gern würde Amer Maya fragen, ob sie sich wieder sehen können. Doch es geht alles zu schnell. Ohne sich zu bedanken, läuft Sabreen schon zum Eingang der Klinik. Kein *Todá*, kein *Shukran*, nicht mal *Auf Wiedersehen* hat sie gesagt. Amer muss hinter ihr her. Er zögert noch einen Moment, bedankt sich flüchtig bei Maya und ihren Eltern, hört, wie Sabreen ruft: »Komm schon!«, und sieht dem Volvo hinterher, der durch das Tor der Klinik verschwindet.

2.

»Vergiss den Rucksack«, sagt Jamal. »Was war denn überhaupt drin?«

Amer zuckt mit den Schultern, fischt ein schlaffes Blatt Minze aus dem Tee und nippt lustlos an der Tasse. Er hat keine Lust zu antworten und ärgert sich. Wenigstens nach ihrer Adresse hätte er Maya fragen sollen.

»Na los, sag schon. Was war drin?«

»Nichts. Ich hab nur keinen andern Rucksack. Verstehst du, Jamal.«

»Jetzt jammer nicht rum. Die Israelis haben euch mitgenommen. Das ist mehr, als man von ihnen erwarten kann. Die werden sich nicht auch noch ein Bein ausreißen, dir den Rucksack zurückzubringen. Wie kann man auch so dämlich sein und ihn im Wagen liegen lassen?«

»Dir ist das natürlich noch nie passiert.«

»Ich bin jedenfalls noch bei keinem Israeli in den Wagen gestiegen.«

Die beiden sitzen sich im Aufenthaltsraum des Waisenhauses gegenüber. Der Tisch ist aus Holz und hat Platz für neun Leute. Amer sieht schräg nach oben auf eine abgeliebte Puppe, die an einem dicken Nagel hängt. Ihr Stoffkopf war mal weiß, jetzt ist er so schmutzig braun wie das Stück Raufaser rund ums Telefon, wo sich alle immer anlehnen.

»Sieh mich an«, verlangt Jamal und reißt die Augen weit auf. Seine Stirn wirft Falten bis rauf zum Haaransatz. »Was ist los mit dir? Mit so 'ner Laune bleibst du besser zu Hause bei deinen Eltern.«

»Hat nichts mit dir zu tun.«

»Sabreen hat mir von dem Mädchen erzählt«, sagt Jamal, als habe er Amers Gedanken gelesen.

»Was meinst du damit?«

»Mann, sie hat doch gemerkt, dass dir die Jüdin gefällt.«

»Und?«

»Kein Problem.«

»Wie meinst du das?«

»So wie ich's sage: kein Problem. Jeder sucht sich seine Freunde selber aus.«

Jamal lehnt sich mit dem Stuhl zurück, kippelt leicht hin und her, betont ruhig, betont lässig, betont ausgeglichen – so wie immer, wenn er nervös ist.

Die beiden schweigen, trinken Tee. Amer nimmt Zucker. Das leichte Klicken des Metalllöffels an der Zuckerdose. Schweigen. Es ist still im Wohn- und Esszimmer, nur der Lärm der Fahrzeuge dringt herein, die gar nicht schnell genug zum Checkpoint nach Jerusalem kommen können. Würde jemand von oben auf Bethanien sehen, so würde er vielleicht sagen: Die kleine Stadt ist eigentlich gar keine Stadt, sondern ein großes längliches Gefängnis voller durchgeknallter Autofahrer, die über den schlauchartigen Gefängnishof heizen, als wollten sie einfach durch die Mauer in die Freiheit rasen.

Amer hat keine Schule und jede Menge Zeit, die es im

Tee zu versenken gilt. In Bethlehem ist seit Tagen Ausgangssperre. Sowohl der Technik- als auch die beiden Arabischlehrer und die stellvertretende Direktorin sitzen fest.

Jamal beugt sich über den Tisch und reißt seine braunen Augen noch weiter auf: »Vergiss sie, vergiss den Rucksack. Du hast ja nicht mal den Nachnamen.«

»Woher weißt du das eigentlich alles?«

»Von Sabreen. Sie hat mir haarklein jede Einzelheit erzählt. Die brennt doch vor Eifersucht.« Jamal steht auf, lässt seinen Freund allein im Aufenthaltsraum zurück und verschwindet im Bad. Amer starrt in seine Tasse, als suche er in der Pfütze aus Tee und Minzblättern Halt. Dunkelgrün, fast schwarz ist der Rest Tee. Amer sieht Sabreens Augen in der Tasse. Er trinkt den Tee samt Blättern und spuckt die Blätter aus. Sie krümmen sich.

»Was meinst du mit *Vergiss sie*?!«, ruft er Jamal nach. »Glaubst du, ich denk noch an sie?!«

Ein lautes »Ja!« kehrt wie ein Bumerang zurück.

Jamal macht sich fertig zum Gebet, wäscht Hände, Mund, Gesicht, Unterarme, Stirn, Ohren, reinigt Füße und Fesseln stets in der gleichen Reihenfolge, jeden Tag, Jahr für Jahr. Dann kehrt er zurück, geht wortlos an Amer vorbei in sein Zimmer. Durchzug und die Tür knallt zu. Rums. Auf dem Holz in Augenhöhe zwei Namen, *Jamal* und *Tariq*, verschnörkelt in arabischen Buchstaben, darüber hängen Fotos, ein Dackel, ein Bullterrier.

Amer rückt die Teetasse fort und folgt Jamal ins Zimmer. Er sieht, wie sich sein Freund unter dem Fenster auf seinen Gebetsteppich kniet. Jamal trägt ein Bodyshirt,

Oberarme frei, der Bizeps hart wie Handgranaten. Jamal betet vor Sonnenaufgang, nach dem Mittag, jetzt – kurz vor Sonnenuntergang –, kurz danach und noch einmal vor dem Schlafengehen. Fünfmal, jeden Tag. Und immer, wenn es Krach im Haus gibt. Jetzt ist Sonnenuntergang und Amer schaut auf seinen eigenen Unterarm. Seine Haut ist heller als die Jamals, obwohl er keinen Tropfen Araberblut weniger in seinen Adern hat. Er spielt mit den Muskeln, legt die Hand nach links, nach rechts, die Haut am Handgelenk ist dünner, und die Adern liegen straff und deutlich darunter. Sabreen liebte die Stellen, wo das Aderblau vom Puls leicht bebt. Einen Moment spürt er ihren Kuss, sieht ihre spitze Nase, ihre mandelförmigen Augen vor sich und hört sie sagen: »Man ist dort dem Leben näher als am Herzen.« Manchmal denkt Amer an Sabreen wie an eine Tote.

Jamal schaut etwas vorwurfsvoll zu Amer, der da in sich versunken auf dem Bett hockt. Normalerweise geht er raus, wenn Jamal betet. Diesmal nicht. Er denkt: Jamal nimmt ja auch keine Rücksicht, wenn ich daheim vor dem Bild der Jungfrau Maria die Hände zum Gebet falte. Amer wuchtet sich hoch aufs obere Stockwerk des Etagenbetts, wo Jamal sonst schläft. Der Kleiderschrank steht offen. Ein Poster hängt innen an der Schranktür: Jamals Cousin Hamed mit Maschinengewehr und bitterer Miene. Hamed hat sich vor einem halben Jahr in die Luft gesprengt – mit TNT am Damaskus-Tor. Die Dschihads nehmen TNT, weil der Sprengstoff robust ist – unempfindlich gegen Stöße und Hitze. Sechs Israelis hat Hamed mit in den Tod gerissen. Jamal betet flüsternd, kniet, verschränkt die Hände vor dem Bauch, verbeugt sich, legt die Hände an die Knie und murmelt sein Gebet – sechsmal. Rechts und links über Hameds Schultern erkennt Amer das goldene Emblem der Dschihads. Marie darf von dem Poster nichts wissen. Sie ist strikt gegen die Selbstmordattentate und will auf keinen Fall, dass ihr Waisenhaus in die Auseinandersetzungen zwischen Israelis und Palästinensern hineingezogen wird.

Jamal rollt den Teppich ein.

»Fertig?«, fragt Amer.

»Schlechte Laune?«

»Sabreen nervt. Sie weiß doch, dass Schluss ist. Wenn sie so weitermacht, komm ich überhaupt nicht mehr her.«

»Aber sie will nicht, dass Schluss ist.«

In diesem Moment erscheint Sabreens Gesicht an der Scheibe. Sie ruft aufgeregt etwas. Ehe Jamal das Fenster öffnen kann, ist sie wieder verschwunden. Amer und er gehen in den Aufenthaltsraum und sehen Sabreens Hand, wie sie von außen durch das Fensterchen in der Haustür greift und den Riegel zur Seite schiebt.

»Habt ihr gehört?«

»Was?«, fragt Amer.

»Die Israelis marschieren in Dschenin ein.«

»Wie bitte?«, fragt Jamal. Er ist in Dschenin geboren. Seine Eltern haben ihn ausgesetzt.

»Wo ist Omar?«, sagt Sabreen. Ihre Stimme ist hell und nervt.

»Was weiß ich? Der ist wieder mal unterwegs.«

»Und Marie? Ist Marie da?«

»Sie ist nach Jerusalem zur Erlöserkirche gefahren«, sagt Amer.

»Ich muss Marie sprechen, sofort.« Sabreen stürmt an den Jungen vorbei zum Telefon. Doch Maries Handy ist ausgeschaltet.

»Die erschießen Ibrahim.« Sabreens Stimme zittert jetzt.

»Beruhig dich. Warum sollen sie ihn erschießen?«, fragt Amer.

Ibrahim ist auch in Maries Haus aufgewachsen – ein Waisenkind. Mit knapp zwanzig hat er einen Job als Polizist bei der palästinensischen Autonomiebehörde bekommen. Seither arbeitet er im Flüchtlingslager Dschenin – rund hundert Kilometer nördlich von Bethanien. Mit zwei Kollegen überwacht Ibrahim, dass die israelischen Tanklaster ungehindert in die Stadt kommen. Aus dem ehemaligen Lager Dschenin ist längst eine Stadt geworden. 15 000 Leute leben dort. Die Flüchtlinge haben Kinder bekommen und deren Kinder wieder Kinder. Aus Zelten wurden Hütten, aus Hütten Häuser. Nun marschiert die israelische Armee ein.

»Natürlich werden sie Ibrahim erschießen, ganz sicher. Ich sag's dir. Aber …« Sabreen läuft die Treppe hoch ins Fernsehzimmer, Amer und Jamal folgen ihr. Ein grüner Stahlschrank an der Kopfwand, darin ein tragbarer Fernseher, eine Matratze davor und an der gegenüberliegenden Wand ein zerfleddertes Sofa. Kippen liegen überall auf dem Boden.

Der Fernseher flitscht an.

Der Reporter des arabischen Nachrichtensenders Aljazeera überschlägt sich fast, spricht von einem Überfall auf Dschenin, von Massaker, von Gemetzel, von israelischen Raketen. Genaues weiß er nicht, nicht mal, ob die israelischen Truppen wirklich schon in der Stadt sind. Nur Vermutungen und Gerüchte, aber er redet und redet. Jamal schaltet auf CNN und wirft sich auf die Matratze. Amer und Sabreen hocken sich aufs Sofa. Noch vor ein paar Wochen konnten sie nicht eng genug zusammensitzen, jetzt sitzt der eine am einen, der andere am andern Ende der Couch. CNN weiß auch nicht mehr. Der Moderator erklärt trotzdem, die israelische Armee reagiere mit dem Angriff auf ein Selbstmordattentat der Palästinenser am Pessachfest, bei dem 29 Menschen getötet wurden. Man wolle in Dschenin Terroristen fangen.

Seit dem 11. September 2001, als das World Trade Center in New York von Terroristen zerstört wurde, seit Amerikaner, Franzosen, Engländer und Deutsche in Afghanistan einmarschierten, seit die Nato den Verteidigungsfall ausgerufen hat, haben die Israelis den Kampf gegen die bewaffneten Palästinenser verschärft, haben sich gleichzeitig mehr und mehr Palästinenser in die Luft gesprengt, ist Jamals Cousin nur einer von vielen Selbstmordattentätern gewesen. Früher feierten Jamal und seine Freunde noch die Jahrestage der Märtyrer – wie sie die Selbstmordattentäter nennen. Inzwischen ist das vorbei – zu viele sind es, um sich an jeden zu erinnern.

»Terroristen?«, sagt Jamal wütend, als könne der CNN-

Reporter ihn verstehen. »Ihr seid die Terroristen, ihr mit euren MPs und Panzern«, sagt er und meint die israelischen Truppen.

Er zappt weiter.

Ein libanesischer, ein syrischer, ein ägyptischer Sender – dort bleibt er hängen: Palästinenser, nicht älter als vierzehn oder fünfzehn Jahre, die unter Panzerfahrzeuge kriechen und Sprengsätze anbringen, werden gezeigt. Sie sprengen sich und die Panzer in die Luft.

»In Dschenin haben unsere Leute Minen unter den Asphalt gelegt. So leicht werden es die Israelis diesmal nicht haben«, sagt Jamal.

Marie platzt ins Zimmer. »Was ist passiert? Die Leute im Bus haben gesagt, die Israelis nehmen Dschenin ein.«

»Sie bringen alle um«, sagt Sabreen.

»Abwarten, Sabreen«, sagt Amer. »Bisher wissen wir doch noch nichts. Mach dir keine Sorgen, Marie. Ibrahim passiert bestimmt nichts.«

Sabreen wirft Amer einen giftigen Blick zu. »Was glaubst du eigentlich, was die Israelis machen?«

»Glauben? Ich will wissen, nicht glauben«, sagt Amer.

»Klugscheißer.«

»Hört auf«, mischt sich Marie ein. »Wenn ihr Probleme habt, macht sie unter euch aus.«

»Omar müsste hier sein«, sagt Jamal. »Der kennt sich aus.«

»Der weiß auch nicht mehr«, erklärt Sabreen. »Der lässt sich ohnehin hier nicht mehr blicken.«

»Omar hat gute Kontakte, sag ich dir«, erklärt Jamal.

»Die Leute von Aljazeera haben auch gute Kontakte und trotzdem wissen sie nichts Neues«, sagt Sabreen.

Es herrscht totale Nachrichtensperre. Das israelische Militär lässt selbst Journalisten nicht nach Dschenin. Nur das Rote Kreuz darf in der Nähe der Stadt seine Station aufbauen.

Unten klingelt das Telefon.

»Marie! Komm runter! Ibrahim ist dran!« Haya ruft. Sie ist gerade nach Hause gekommen. Haya arbeitet im *Haus der Seeligen*, einer Klinik für geistig und körperlich Behinderte, knapp zweihundert Meter vom Waisenhaus entfernt. Seit Wochen bekommt sie keinen Lohn mehr, aber sie will ihre Lehre als Pflegerin beenden. »Komm schon. Es ist dringend!«

Als Marie ihr den Hörer aus der Hand nimmt, sagt Haya: »Ibrahim ist ganz durcheinander. Anscheinend greifen die Israelis Dschenin an.«

Wie üblich hat Haya nichts mitbekommen. Wenn alle über Politik streiten, kocht sie Tee; wenn alle Nachrichten gucken, lernt sie in ihrem Schwestern-Lehrbuch. Es ist, als würde dieser Krieg an ihrer Stirn haltmachen. Im Gegensatz zu Sabreen, ihrer Schwester, trägt sie entweder ihren weißen Schwesternkittel oder dunkle Umhänge, aber keine westliche Mode.

»Ergebt euch!«, ruft Marie in den Hörer. »Hörst du, Ibrahim, ihr müsst euch ergeben.«

Ibrahim erzählt, dass er sich mit seinen Kollegen in der Polizeiwache verschanzt hat.

»Ergib dich, Junge. Gib auf.« Marie ist für Ibrahim wie

eine Mutter, auch wenn er selbst schon Familie hat – Frau und drei Kinder. Sie wohnen in Burqin, einem Dorf nahe Dschenin. Vier Olivenbäume und zwei Ziegen gehören Ibrahims Familie und jetzt sitzt er in der Falle.

»Ich kann nicht aufgeben. Meine Kameraden werden kämpfen. Wir werden uns nicht ergeben.«

»Sie werden euch erschießen.«

»Ich kann nicht einfach aufgeben.«

»Du musst. Du hast bisher nichts Schlimmes getan. Du bist Palästinenser, kein Mörder. Du musst nicht kämpfen.«

»Wer dann?«

»Du bist Polizist, kein Soldat. Gib auf. Du hast Kinder.«

Dann bricht die Leitung ab.

»Vermutlich ist irgendwas mit seinem Handy«, sagt Marie.

»Oder er hat aufgelegt«, sagt Sabreen, die ihr mit Jamal und Amer hinterhergelaufen ist.

»Warum?«

»Weil du nur Angst um Ibrahim hast, aber Ibrahim hat Angst um Palästina.«

»Er ist kein Hamas-Mann. Ibrahim ist ein vernünftiger Mensch.«

Sabreen lacht laut, Zähne und Zahnfleisch frei. Es scheint, als ob sie Marie auslacht, ihre Miene ist eine einzige Provokation für Marie, die Sabreen, das Nesthäkchen, mehr liebt als all ihre andern Kinder.

Marie schweigt, schaut Sabreen nur eindringlich an. »Du kommst dir wohl sehr mutig vor.«

»Das ist einfach lächerlich, was du sagst, Marie. Ibrahim

ist Polizist und Palästinenser. Aber das wirst du nie verstehen. Du kannst ja einfach weg, wenn es hier zu gefähr…«

Jamal hält Sabreen von hinten den Mund zu. »Und du redest Scheiße, nur Scheiße.«

»Ich will nicht, dass in diesem Haus so gesprochen wird«, sagt Marie, schließt den oberen Knopf ihrer Bluse und zieht sich ihr Halstuch enger. »Solche Worte werden hier nicht gebraucht!« Dabei wendet sie sich um und geht Richtung Küche. Von dort ruft sie, als sei nichts geschehen: »Wer mir helfen will, kann die Hühnchen ausnehmen!«

3.

»Warum kommst du so spät nach Hause?«

Amers Vater George sitzt im Sessel, die Hände auf dem mächtigen Bauch gefaltet, das kleine Weihwasserbecken hinter sich an der geblümten Wand, die Madonna mit dem Christuskind darüber, eine frische Rose dahintergeklemmt. Der Fernseher läuft. Die arabische Seifenoper erzählt von einer überschwänglichen Liebe und einem Autounfall. Die Musik ist dramatisch, die Schauspieler weinen übertrieben.

Hanan, Amers Mutter, schüttet den Reis vom Topf in eine Schüssel. Dampf steigt auf. Keine Abzugshaube, nur Tapete, die all die Gerüche, all die Feuchtigkeit der vergangenen Jahre in sich aufgenommen hat. Die Decke schimmelt.

»Sie wollen in Dschenin einmarschieren, Vater.«

Hanan stellt die Schüssel auf den Tisch.

»Dann werden sie hoffentlich diese Idioten endlich verhaften«, entgegnet George scharf. Er schiebt die Wasserpfeife, die vor seinen Füßen steht, zur Seite und hebt sie ins Regal neben dem Fernseher. Er selbst lässt sich in den Sessel sinken und stützt die Hände auf die Knie seiner schwarzen Stoffhose. Die sind fast durchgescheuert vom morgendlichen Gebet in der katholischen Lazaruskirche.

Amers Mutter scheint überhaupt nicht zuzuhören, nimmt das Besteck aus der Schublade und deckt weiter den Tisch.

»Kann sein«, meint Amer.

»Heute hat sich wieder jemand in einem Bus in die Luft gejagt – drei Tote, vierzehn Verletzte. Gott wird das nicht verstehen.«

Obwohl George seinen Sohn auffordernd ansieht, als würde er auf ein Gegenargument hoffen, schweigt Amer und hilft lieber seiner Mutter, Teller und Soßenterrine zum Tisch zu tragen.

»Vorhin hat übrigens diese Jüdin für dich angerufen.«

»Maya?!«

»Wegen des Rucksacks.«

»Soll ich sie zurückrufen?«

George geht zum Fenster. Gegenüber am Computer- und Musikladen steht ein junger Mann, seine rot-weiße Kefijeh um den Kopf geschlungen. Er führt zwei Ziegen im Schlepptau.

»Komischer Kauz.«

Amer tritt zu seinem Vater. »Husam?«

»Gleich verschwindet er wieder im Geschäft und kauft sich was. Wo hat der Junge nur das Geld her? Die Sabbahs haben nichts als Ziegen. So viel Milch können die doch gar nicht geben.«

»Was ist mit Maya?«, fragt Amer.

Statt zu antworten, sagt George: »Ich bin jahrelang arbeiten gegangen, aber jeden Tag hätte ich nicht Geld ausgeben können. Jetzt ist ohnehin alles vorbei.«

»Du wirst schon wieder einen Job finden, Papa. Dass dieser Jude dich auf die Straße gesetzt hat, ist nicht deine Schuld.«

»Wenn du ein Restaurant in Jerusalem hättest und dein Kellner käme jeden Tag Stunden zu spät, würdest du ihn auch rauswerfen. Herr Levi hatte gar keine andere Wahl.«

»Die Juden sind selbst schuld, dass du nicht pünktlich zur Arbeit konntest. Das sind schließlich keine palästinensischen Soldaten am Checkpoint, sondern Juden.«

»Was erzählst du da für einen Quatsch? Wenn sich kein Fanatiker mehr in die Luft jagt, gibt's auch wieder mehr Touristen in Jerusalem, und mit den Touristen kommt die Arbeit.«

Amer und George sehen hinüber zum Checkpoint, der im Halbdunkel liegt. Zwei Laternen brennen, drei Soldaten atmen. Zwei der Israelis lassen sich von einem Fahrer die Pässe zeigen und winken den nächsten Wagen einfach durch. Der dritte Soldat steht hinter einer rund zwei Meter breiten mannshohen Betonwand, die M 16 im Anschlag, und beobachtet die Szene durch ein Guckloch. Vor gut einer Woche hat sich am Checkpoint eine Palästinenserin in die Luft gejagt. Die Frau trug einen kugeligen Bauch vor sich her, die Soldaten dachten, sie sei schwanger. Dann zündete sie den Sprengsatz: drei Tote – zwei israelische Soldaten und die Palästinenserin. Nun gibt es am Checkpoint eine Schutzmauer, wo vorher bloß Sandsäcke aufgestapelt waren. Amer und George sehen den Soldaten zu. Wann welcher Wagen kontrolliert wird, ist schwer vorauszusagen.

Husam kommt aus dem Laden, ein Kabel in der Hand.

»Das ist ein Computerkabel«, sagt George. »Was will Husam damit? Die haben doch sicher keinen Computer in ihrer Hütte.«

Amer zuckt mit den Schultern. »Jamal sagt, dass Husam und sein Vater sogar Internet haben.«

»Das ist doch teuer.«

»Für einen Liter Ziegenmilch kannst du einen Tag lang im Netz surfen«, sagt Amer und lacht, aber sein Vater ist nicht zu Späßen aufgelegt.

»Ach, Papa. Ich kann's dir nicht sagen. Ich weiß nur, dass Husam vergangenes Jahr das beste Tawjihi aus seinem Jahrgang gemacht hat und ständig mit den Leuten aus dem Computerladen zusammenhängt. Mehr weiß ich nicht.«

»Und warum studiert Husam nicht, wenn er so gut in der Schule war?«

»Was soll er denn hier studieren? Es ist Krieg.«

»Er kann doch ins Ausland gehen.«

»Er ist Palästinenser.«

»Das ist er auch im Ausland.«

Amer schweigt.

Eigentlich möchte er seinen Vater fragen, was Maya denn am Telefon gesagt hat. Doch er hält sich zurück. Denn George ist immer gleich auf hundert. Seit er seinen Job verloren hat, verbringt er die Tage im Café, hockt mit den andern Männern vorm Fernseher, will die Welt verbessern, sieht die Nachrichten, raucht und ist schlecht gelaunt.

Plötzlich schneidet George das Thema Maya von selbst an: »Sie wollte dich sprechen.«

»Hast du ihre Nummer?«

»Nein.«

»Und mein Rucksack?«

»Ich habe ihr gesagt, sie soll ihn uns schicken und damit basta.«

»Warum warst du so unfreundlich zu ihr?«

»Weil er zu allen unfreundlich ist«, fällt Amers Mutter ihm ins Wort. »Dein Vater will nur seinen Frieden, vor den Palästinensern und vor den Juden. Er will Ruhe und jetzt esst. Der Reis wird kalt.«

»Wird sie den Rucksack schicken?«

»Wenn sie ein guter Mensch ist«, antwortet Hanan, obwohl Amer eigentlich seinen Vater gefragt hat.

»Sonst hätte sie Sabreen und mich nicht in die Klinik mitgenommen.«

»Das war ein Reflex«, sagt George.

»Lasst uns essen«, sagt Hanan. »Es wird sich sicher bald alles ändern.«

»Dein Wort in Gottes Ohr, Mutter.«

»Sie hat recht, Amer. Du wirst schon sehen. Lange sehen wir uns das nicht mehr an.«

»Was meint ihr damit?«, fragt Amer.

»Nichts«, sagt Hanan, schweigt und lädt George einen Berg Reis auf, den sie in der Mitte säuberlich mit der Kelle zu einem Nest platt drückt.

»Auf alle Fälle wirst du diese Maya nicht wieder sehen«, erklärt George.

»Jetzt hör endlich auf, George«, sagt Hanan und legt ihm die scharfe Soße ins Nest.

Sie bekreuzigen sich vor den dampfenden Tellern.

Amer spricht das Tischgebet. Für ein friedliches Zusammenleben, eine bessere Welt. Und er denkt an Maya. Was hat sie wohl über die schroffe Art seines Vaters gedacht? Vielleicht ruft sie nie wieder an. Verdenken könnte er es ihr nicht.

»Amen.«

Alle schweigen während des Essens, und kaum ist der letzte Bissen runter, schaltet George den Fernseher an.

Amer geht in sein Zimmer und schnappt sich die Jacke. Draußen ist es noch kühl für April.

»Wohin? Es ist fast Nacht.«

»Keine Lust auf Glotze.«

»Komm nicht so spät«, sagt sein Vater – überraschend freundlich, als wolle er sich für seine Sturheit von eben entschuldigen.

»Ich komm schon nicht spät. Obwohl ich morgen früh gar nicht rausmuss.«

»Niemand muss hier früh aufstehen. Nur die Mütter, die haben noch ihre Arbeit, ihre Kinder. Kinder brauchen immer Mütter.«

»Jetzt hör auf«, sagt Amer, lässt die Klinke wieder los und kehrt zu seinem Vater zurück. Er setzt sich auf die Couch. Über ihm hängt das Bild des Gekreuzigten, wie er leidend auf die Welt blickt. Aus seinen Wunden läuft Blut. Es sieht so echt aus, als sei es abfotografiert. Überall in diesem Zimmer, in dem gekocht, gegessen, geredet und ferngesehen, geraucht und getrunken wird, überall ist Jesus.

»Es muss sich etwas ändern, Vater.«

»Und wie, wenn du nicht mal dein Abitur machen kannst, weil es keine Schule mehr gibt, weil die Lehrer in ihren Dörfern festsitzen? Was soll hier noch geschehen?«

»Weiß nicht.«

»Siehst du. Aber diese Selbstmörder, die wissen es genau. Die jagen sich in die Luft und den Frieden gleich mit. Und die Israelis, die wissen auch genau, was für sie richtig ist. Die terrorisieren uns mit ihren Soldaten, ihren Panzern. Und wir Christen, wir sehen zu, was die Juden und Moslems tun. Wir sehen zu. Und unser Vater in Rom auch.«

»Den kannst du vergessen«, sagt Amer.

»Sag so was nicht«, meint Hanan. »Was soll denn der Papst tun? Er hat keine Panzer, und es ist nicht seine Schuld, wenn die Menschen vergessen haben, dass Jesus auch ein Jude und Palästinenser war, dass das Alte Testament auch das Buch der Christen und Moslems ist. Wir haben alle den gleichen Gott und streiten uns, als wären wir keine Brüder.«

»Amen«, sagt George ironisch und zeigt zum Fernseher. Er dreht den Ton lauter.

Wieder redet der Aljazeera-Reporter vom drohenden Sturm auf Dschenin. Genaues weiß er aber noch immer nicht. George zappt zu CNN. Ein Bericht über neue Erkenntnisse zur Ermordung von sieben israelischen Arbeitgebern durch Palästinenser. Die Morde liegen schon Jahre zurück und führten damals dazu, dass sich israelische Unternehmer weigerten, Palästinenser einzustellen. Resultat: Noch mehr Gastarbeiter von den Philippinen und aus Rumänien wurden ins Land geholt, noch mehr Palästinenser verloren ihre Jobs bei den Israelis.

Amer zieht sich die Jacke wieder aus.

»Unsere Leute haben auf keinen Fall die israelischen Chefs umgebracht. Das stimmt doch alles überhaupt nicht, was CNN sagt«, erklärt Amer.

»Wer weiß?«, entgegnet ihm George. »Jedenfalls haben die Israelis bald so viele Ausländer ins Land geholt, dass sie uns als Arbeiter gar nicht mehr brauchen. Wir sind hier überflüssig.«

»CNN ist gesteuert«, sagt Amer. Er versinkt fast in der plüschigen Couch, über die Hanan eine knallrote Decke gelegt hat, weil der Stoff durchgewetzt ist. »Die ganzen amerikanischen Sender sind doch von den Israelis gekauft, Vater. Zwischen die Israelis und die Amerikaner passt kein Blatt Papier. Die sind ein Kopf und höchstens mal zwei Münder.«

»Das stimmt nicht«, sagt Hanan. »In Amerika leben doch nicht nur Juden, sondern auch viele Christen, viele von unseren Leuten.«

»Und was tun sie?«, fragt Amer. »Keiner von denen hilft uns. Die sind einfach nur abgehauen, weil sie feige sind.«

»Was sollen sie denn tun? Die Islamisten haben sogar schon zwölf von uns umgebracht, nur weil wir Christen sind.«

»Deine Freunde sind doch auch Moslems«, sagt Amer.

»Aber keine Durchgeknallten.«

»Dein Vater hat weder was gegen Moslems noch gegen Juden. Er will nur Frieden«, sagt Hanan schlichtend.

»Und warum hast du dann was gegen Maya und ihre Eltern?«, fragt Amer seinen Vater. »Ihre Eltern sind auch nicht durchgeknallt, sondern gemäßigt.«

»Solche Leute dulden immerhin die Regierung. Die haben doch den Kriegstreiber Sharon gewählt.«

»Sie ist noch ein halbes Kind«, mischt sich Hanan wieder ein.

»Wenn sie ein Kind wäre, würde dein Sohn sie nicht so sehr mögen und sich nicht so um sie bemühen.« Zu Amer sagt er: »Wie alt ist sie?«

Während die drei dort in ihrer Wohnung an der Straße nach Jerusalem reden, Amer Maya auf vielleicht sechzehn oder siebzehn Jahre schätzt, Hanan den Rest Reis im Kühlschrank verstaut, genau in diesem Moment will Wafa mit ihrem Terrier noch einmal Gassi gehen. Sie steigt die Treppen hinunter und betritt die Straße im Zentrum von Bethlehem – zwischen Amers Familie und ihr liegen vielleicht zehn Kilometer Luftlinie.

Es ist dunkel draußen. Direkt vor Wafas Haus steht ein Panzer und ein Soldat sieht aus der Luke. Er ruft: »Bleib im Haus!« Dabei leuchtet er ihr mit einem Suchscheinwerfer ins Gesicht.

Wafa, die schon so alt wie die Mauern der Geburtskirche zu sein scheint, lässt sich nichts mehr sagen. Ihr Terrier hebt das Bein und pinkelt an die Hauswand. Der Urin versickert sofort im Staub der Straße.

»Geh rein, sonst schieß ich«, sagt der Soldat.

Seit Bethlehem besetzt ist, ist sie trotz Ausgangssperre immer ihre Runde gegangen. Der bisherige Wachposten kannte sie. Aber nun steht dort ein neuer mit seinem Panzer, dem es egal ist, ob der Terrier Gassi muss oder nicht, der seinen Befehl hat. Er hebt die MP.

»Lass sie in Ruhe!«, schreit Fawaz al-Sartawi von schräg über dem Soldaten aus dem Fenster. »Das ist die alte Wafa, die hat nichts zu gewinnen, nichts zu verlieren, die hat nur den Hund. Der gehört dieses Land genau wie dir und mir.«

»Was mischst du dich ein?«, schreit der Soldat, schießt und trifft Fawaz in den Kopf.

Wahrscheinlich hat er Fawaz nur erschrecken wollen. Vielleicht hatte der Soldat Angst. Niemand weiß das. Fawaz fällt aus dem Fenster und ist tot.

Während sich also Hanan, Amer und sein Vater über die Erstürmung Dschenins unterhalten und der Reporter berichtet, wie viele Panzer um Dschenin aufgefahren sind, liegt Amers Techniklehrer reglos in Bethlehem auf der Straße, zwei Ecken von der Geburtskirche Jesu entfernt, in der sich Palästinenser verschanzt haben und in deren Mauern Kugeln eingeschlagen sind.

Wafa geht mit ihrem Hund weiter. Sie hat das alles nicht so richtig verstanden, und ein Soldat hält Fawaz' Frau davon ab, sich auf den Körper ihres toten Mannes zu stürzen, um ihn ein letztes Mal in den Arm zu nehmen. Wafa sieht sich nicht um und kein Kameramann filmt Fawaz al-Sartawi, seine Frau und die Soldaten. Und Wafa, die in der Nacht verschwindet.

4.

Tage später.

»Dschenin ist gefallen«, sagt Marie. Sie sitzt in ihrem Zimmer am Computer. »Die andern sind oben. Sie sehen fern.« Bevor Amer hochlaufen kann, ruft sie ihm noch nach: »Weißt du schon von Fawaz?!«

»Was ist mit ihm?«

»Er ist erschossen worden.«

Amer stockt am Treppenabsatz.

»Warum?«

»Hat Nasser nichts erzählt? Ich hab nur Brot bei ihm gekauft. Er hatte nicht viel Zeit, und ich glaube, er weiß auch nichts Genaues.«

Nasser ist der Ehemann der Schuldirektorin und besitzt den Kramladen am Eck. Wenn dort im Sommer die Wagen bremsen, weht der Staub bis hinüber zum Waisenhaus, so dicht liegen Nassers Geschäft und Maries Waisenhaus beieinander. Und so eng ist auch die Freundschaft zwischen ihnen.

»Es muss doch einen Grund geben. Die Israelis erschießen doch niemanden einfach so!«

»Denk nicht mehr dran, Amer! Ich wollte es dir nur gesagt haben!«

Wie soll er nicht mehr dran denken? Manchmal versteht er Marie einfach nicht. Sie hat doch Fawaz gekannt. Bitterer Typ mit Augen aus Stein, Mundfalten tief und dunkel, beißende Laune, im Unterricht warf er nach Schwätzern mit Kreide. Aber Fawaz hat sich immer aus allem Politischen herausgehalten, nicht mitdemonstriert, wenn andere Lehrer demonstrierten, nie Krach mit den Israelis gehabt. Warum ausgerechnet er?

Amer hat kaum das Fernsehzimmer betreten, als ihn Sabreen anfährt: »Sei still. Dschenin ist gefallen. Die Israelis haben Straße für Straße erobert.«

»Weiß ich.«

»Dann weiß Mister *Weißich* sicher auch, dass sie Ibrahim umbringen.«

»Hör auf«, versucht Jamal, Sabreen zu beruhigen. Er liegt auf der Matratze und drückt die Kippe vor sich auf dem Fußboden aus. »Drecksding«, schimpft er. Die Kippe glimmt immer noch und kokelt ein neues Loch in den Teppich. Er spuckt drauf. Aus. Zu Sabreen sagt er: »Ich hab dir schon gestern gesagt, du kannst dich draußen mit Amer streiten, aber nicht hier.«

Jamal rückt ein Stück zur Seite und klopft auf den Platz neben sich. »Komm, leg dich her, Amer. Lass uns Nachrichten gucken.«

Sein Freund gehorcht.

Auf dem Sofa sitzt Tariq neben Sabreen. Um diese Uhrzeit steht er sonst im Laden. Er macht bei Jaber eine Optikerlehre. Heute jedoch wird nicht verkauft, heute wird gestreikt – aus Protest wegen Dschenin. In den vergangenen Wochen haben die Palästinenser das häufiger getan, hauptsächlich in Alt-Jerusalem. Genutzt hat es nicht viel, denn die Israelis haben ihre eigenen Geschäfte.

Der arabische Reporter spricht von Nachrichtensperre und zensierten Bildern. Die beiden Jungen liegen so nah vor dem Kasten, dass sie die überschminkten Pickel von Korrespondent Abdullah Qleibo erkennen können.

»Woher weiß Sabreen, dass sie Ibrahim erschießen?«, fragt Amer Jamal. Der zieht die Mundwinkel und die dunklen Augenbrauen hoch.

»Weil sie jeden erschießen«, funkt Sabreen dazwischen.

»Jetzt ist gut«, sagt Tariq, der seine Schuhspitzen betrachtet. Das Leder ist vom ständigen Regen weiß angelaufen. Tariq ist meist damit beschäftigt, gut auszusehen. Groß, breitschultrig, die Haare stets zurückgekämmt wie mit einem Plätteisen, der Teint immer frisch und die Augen wach und ein wenig verschmitzt. Aber jetzt sieht er müde aus und sagt: »Ibrahim hat heute Nacht über Handy bei Marie angerufen. Er meinte, die israelischen Soldaten richten in Dschenin ein Massaker an.«

»Warum stören die Israelis nicht den Handyverkehr?«, fragt Amer.

»Keine Ahnung«, sagt Tariq. »Vielleicht sind sie zu dämlich dazu.«

»Quatsch. Sonst legen die Israelis doch auch nach jedem Selbstmordattentat den Handyverkehr lahm«, erklärt Jamal.

»Kann man denn überhaupt nichts tun in diesem verdammten Land?«, fragt Tariq.

»Gar nichts«, sagt Amer. »Nur hoffen, dass die Israelis in Dschenin kein Massaker anrichten.«

»Im Hoffen seid ihr Christen ja groß«, meint Sabreen. »Die können euch die Geburtskirche eures Propheten unterm Hintern in die Luft jagen und ihr hofft. Das ist doch jämmerlich. Man kann natürlich was machen.«

»Ihr könnt zum Beispiel bei uns im Heim helfen«, sagt eine fünfte Stimme hell und klar: Haya. Sie hat die ganze Zeit unbemerkt im Türrahmen gestanden. Ihr Gesicht ist rund und das Kopftuch lässt es noch runder erscheinen. Sie ist gerade erst aufgestanden – Spätdienst im christlichen *Heim der Seligen*. Haya betreut schwerbehinderte Kinder. Die liegen in Gitterbettchen und starren gegen die Decke. Bis letzten Winter war die Decke braun wie die Klinik, dann haben Haya und ihre Kollegen sie an einem Wintertag blau gestrichen – himmelblau. Händler Nasser mit seinem Ein-Mann-Supermarkt an der Ecke hat die Farbe gestiftet und gesagt: Der Himmel hat auch auf der Decke Platz.

»Na, was ist? Keine Lust?«, fragt Haya.

Jamal, Amer, Tariq und Sabreen rühren sich nicht, keiner von ihnen sieht Haya an, alle starren unbeteiligt auf die Glotze.

»Gestern ist ein Junge aus Hebron gekommen«, erzählt Haya. »Knieschuss. Die Israelis erschießen die Kinder nicht mehr. Sie sollen gar nicht sterben, sondern wir sollen sie bis an ihr Lebensende pflegen müssen. Krüppel belasten unser Volk mehr als Tote. Und Typen wie ihr sind auch nicht gerade eine Stütze.«

»Mein Cousin hat was getan«, sagt Jamal.

»Und du?«, fragt Haya.

»Ich warte auch nicht mehr lange.«

Alle schweigen. Jamal hat schon häufiger davon geredet, dass er sich in die Luft sprengen wird, »um ein paar Juden mitzunehmen«.

Von unten schallt Maries Stimme herauf. Sie verflucht den Computer und mit einem »Ich könnte ihn …« auch gleich noch den Computerfachmann, der ihr gestern den Internetzugang eingerichtet hat.

»Was ist denn mit Marie los?«, fragt Amer.

»Das hörst du doch. Computerprobleme. Mit dem neuen Internetanschluss stimmt was nicht«, sagt Haya. »Vielleicht kannst du ihr ja helfen, Amer. Du hast doch Ahnung von den Dingern.«

Amer zögert und sieht Jamal an.

Der meint: »Recht hat sie. Hilf Marie.«

»Ist gut«, sagt Amer. »Falls ihr was Neues hört, sagt mir Bescheid.«

Haya lächelt ihn an und meint: »Was hast du davon, wenn du Neues weißt? Du kannst ja doch in Dschenin nichts ändern.«

»Ach, hast du vielleicht Zigaretten dabei?«, fragt Sabreen.

»Nein, ich rauch ja nicht«, gibt Amer zurück.

»Jeder ändert mal seine Meinung«, sagt sie und grinst ihn breit an.

Marie ist in der Küche. Sie füllt die kleine Dose mit Milchpulver aus einem Fünflitereimer auf.

»Irgendwer scheint das Pulver pur zu essen.«

»Warum?«

»Weil ich es alle zwei Wochen auffüllen muss. Womöglich isst es ja Omar. Vielleicht kommt er nachts nach Hause und macht sich heimlich über das Pulver her. Früher zumindest hat er es löffelweise verputzt.«

Amer lacht und hilft Marie, den Deckel fester auf die Dose zu drücken.

»Wo treibt sich Omar eigentlich im Moment rum?«

Amer zuckt mit den Schultern. »Wohl bei Husam, dem Sohn von Sabbah. Hat Jamal erzählt.«

»Gestern Nacht war er hier«, sagt Marie. »Er hockte vorm Computer, als ich zurückkam.«

»Omar hat doch noch nie was mit Computern am Hut gehabt.«

»Er hatte ihn jedenfalls gerade hochgefahren. Er wollte eine CD von einem Freund ausprobieren. Eine von diesen Spiele-CDs.«

»Mitten in der Nacht?«

»Omar eben. Du weißt ja, wie er manchmal drauf ist.«

»Und? Hat er die CD ausprobiert?«

»Nein. Er war gleich wieder weg. Schlecht sah er aus.«

»Ich hab ihn schon seit Wochen nicht mehr gesehen.«

»Er trägt jetzt einen Stoppelschnitt und hat mindestens zehn Kilo abgenommen.«

»Mach dir mal keine Sorgen, Marie. Das renkt sich schon wieder ein mit Omar. Und selbst mit zehn Kilo weniger ist er immer noch zu dick.« Omar ist ein fleischiger Typ, etwas feist, mit Stoppelbart und einfachem Gemüt.

»Er hat nichts Vernünftiges seit dem Tawjihi angefangen, und wenn er mal hier war, dann hat er nur von seinem Onkel geredet. Diesem Idioten aus Bethlehem. Früher, als Omar ihn nach dem Tod seiner Eltern gebraucht hätte, hat der Onkel nichts für ihn getan, und heute will er ihn auf seine Seite ziehen.«

»Auf welche Seite?«

Marie weicht aus: »Omar ist so leicht zu beeinflussen. Ich glaube, dieser Onkel ist ein religiöser Eiferer.«

»Das sind viele im Moment.«

»Kann sein. Aber Omar hat noch nie gewusst, welchen Weg er gehen soll. Ich hab Angst, er nimmt den falschen. So groß und mächtig er aussieht, so leicht ist sein Gemüt.« Direkt zu Amer gewandt, sagt sie: »Könntest du dich nicht mal umhören, wo er sich rumtreibt?«

Amer schweigt. Dann fragt er ausweichend: »Ist dein Computer kaputt?«

Marie sieht ihn eindringlich an: »Bitte, Amer, frag doch mal deine Freunde.«

»Ich weiß wirklich nichts, Marie. Du musst mit Jamal reden. Er kennt ihn besser.« Sofort bekommt Amer ein schlechtes Gewissen, weil er Marie mit ihrer Bitte hat abblitzen lassen.

»Ist schon gut«, sagt sie etwas beleidigt und verstaut die Milchpulverdose im Vorratsschrank. »Ich weiß nicht, was mit dem Rechner los ist, Amer. Er fährt einfach nicht mehr hoch. Der Mann vom Computerladen hat mir gestern Internet eingerichtet und jetzt das. Angeblich hat dieser Computerfritze heute keine Zeit.«

»Und was willst du machen?«

»Vielleicht bringe ich ihn in den Laden. Ich glaube nicht, dass morgen einer von den Computertypen für die Reparatur zu uns rüberkommt.«

»Lass gut sein, Marie. Ich fahr hin, muss ohnehin noch mal nach Hause.« Das ist gelogen, doch mit dem Angebot versucht Amer, sein schlechtes Gewissen zu beruhigen. Eigentlich erwartet ihn niemand daheim – sein Vater hockt sicher im Café, und seine Mutter hat zu tun. Dann sagt er: »Es tut mir leid, Marie. Ich kann dir mit Omar wirklich nicht helfen. Ich glaube, er mag mich ohnehin nicht.«

Marie setzt sich auf die Tischkante. Sie sieht müde aus, ihre Haut ist dünn wie Pergament und blass wie weißes Papier.

»Was ist los, Marie?«

»Ich mache mir einfach Sorgen.«

»Omar wird sicher nichts ...«

»Es geht nicht nur um Omar. Alles geht aus den Fugen, Amer. Am meisten Angst habe ich im Moment um Ibrahim. Warum muss er nur diesen Haufen Steine und Bretter, den sie Dschenin nennen, verteidigen? Es ist zum Heulen. Vielleicht bringen ihn die Israelis tatsächlich um.«

Amer weiß nicht, was er tun soll. Marie ist sonst so unnahbar und stark. Er kann sie jetzt unmöglich in den Arm nehmen und sagt deshalb einfach: »Ich bring den Computer weg.«

»Okay«, sagt Marie. »Jamal hat mir erzählt, dass du dich mit Rechnern auskennst ...«

»Stecker rausziehen kann ich, sonst nichts. Wir haben

zwar an der Schule noch einen Computerraum bekommen, bevor sie geschlossen wurde. Aber ich hab die Computer nur reingetragen, mehr nicht.«

Vor dem Haus hält Amer einen Minibus an. Der Toyota-Kastenwagen schaukelt wie ein Kamel los. Die Fahrgäste sind Männer, zwei im Anzug, zwei mit schwarz-weißer Kefijeh, alle rauchen, ein übel riechendes Kraut, einen Mix zwischen Dung und Marlboro. Sie reden über Dschenin und Amer hält den Rechner auf dem Schoß fest. Der Busfahrer klagt. »Mein Bruder ist dort. Acht Kinder hat er, acht Kinder, kleine Kinder.« Fast jeder von ihnen hat Verwandte oder kennt Leute in Dschenin. Israel ist klein und Palästina noch kleiner. Der Fahrer bremst und lässt Amer raus.

Vor dem Computerladen sieht er aus dem Augenwinkel, wie gegenüber am Haus seiner Eltern ebenfalls ein Minibus hält. Ein rothaariger Mann mit einem Paket unterm Arm springt raus und verschwindet im Haus. In Bethanien gibt es nur zwei palästinensische Familien mit roten Haaren und grünen Augen und die kennt Amer. Dieser Typ ist fremd.

Amer stößt die Glastür zum Computerladen mit dem Fuß auf, da er keine Hand frei hat. Eine Sirene ertönt wie beim Fliegeralarm. Was ist los?, fragt er sich noch, da sieht er schon das grinsende Gesicht des Verkäufers hinter der Glastheke, in der CDs und DVD-Brenner sowie eine Spielkonsole liegen. Amer fragt sich, wer die Sachen kaufen soll – schließlich sind hier fast alle arbeitslos.

»Guten Tag«, begrüßt ihn der Verkäufer. »Ist nur unsere Klingel, ein bisschen speziell – Marke *Fliegeralarm*. Kann ich dir auch verkaufen.«

Amer schüttelt den Kopf und erklärt, dass er von Marie kommt.

»Ich hab ihr doch gesagt, dass ich jemanden zu ihr schicke – morgen.«

»Jetzt bin ich ja da.«

Der ungepflegte Typ quetscht sich hinter seiner Theke vor, stemmt die Hände in die Hüften wie ein Schurke aus einem billigen Film und sagt: »Komm mit.«

Sie gehen durch ein Hinterzimmer. Dutzende schrottreife Rechner – zum Teil ausgeplündert. Eine zweite Tür. Ein Gang, noch eine Tür, dann überqueren sie einen Hof. Wäscheleinen, zwei Jeans dran. Dann landen sie gegenüber in einer Hütte, in der Khalil zwischen summenden Computern sitzt. Khalils Reich. Er sieht Amer an, als wolle er ihn abchecken. Schwarze Röntgenaugen. Sie scheinen in den Höhlen zu versinken.

»Der ist vom Waisenhaus, Khalil. Ich muss gleich zurück in den Laden.«

Khalil nickt und fragt Amer: »Alles in Ordnung im Waisenhaus?«

»Ja ...« Ehe Amer hinzufügen kann, dass er keine Waise ist, sondern nur Gast bei Marie, sagt Khalil: »Dann setz den Rechner mal da hin. Von der Schlepperei bekommst du Arme wie ein Affe.« Mit zwei Handgriffen schließt Khalil den Computer an und fragt Amer, während er noch einen Monitor ansteckt: »Was ist denn damit?«

»Weiß nicht genau. Problem mit dem Internet.«

»Probleme haben wir damit auch. Die Israelis checken all unsere E-Mails. Euch haben sie sicher auch im Visier. Wichtige E-Mails würde ich mit dem Kasten nicht schicken, sondern lieber von einem andern Rechner.«

»Nein, das ist es nicht.«

»Diese Marie hat schon heute früh angerufen«, mischt sich der Verkäufer ein. »Ich hatte ihr erklärt, dass wir heute keine Zeit haben, aber ...«

»Hast du was gegen den Jungen, Azmi?«

»Nein.«

»Dann lass gut sein. Er kann nichts dazu. Und Marie sicher auch nicht. Ich habe bisher nur Gutes über sie gehört«, sagt Khalil und wendet sich an Amer: »Was genau macht der Rechner nicht mehr?«

»Ich weiß nur, dass Marie Mails schicken wollte, und dann ist der Kasten abgestürzt und seitdem tot.«

»Kann sein«, sagt Khalil. »Kann alles sein.« Er legt die Hände hinter den Kopf, streckt die Beine unter den Tisch und fragt: »Tee?«

Amer nickt.

»Aber ich muss vorn ins Geschäft«, wehrt Azmi ab, als Khalil ihn auffordernd ansieht.

»Bring uns Tee, bitte. Unsere Kanne ist leer.«

Azmi geht.

»Du bist also bei Marie und heißt Amer«, sagt Khalil. Er mag Ende zwanzig sein, höchstens eins sechzig groß, kurze Haare, Wangenknochen kantig wie zwei Platinen, und seine Haut ist rötlich, rötlich entzündet, und dazu die durchdringenden Augen.

»Ich wohn nicht dort.«

»Aber du kennst Jamal?«

»Er ist mein Freund.«

»Wie geht es ihm?«

»Gut.«

»Kanntest du seinen Cousin?«

»Nein.«

»Ich aber.«

Azmi kommt zurück, stellt die Kanne ab und meint: »Ich muss nach vorn. Da warten schon Leute.«

»Keine Aufregung, Azmi. Sei froh, dass Leute im Laden sind. Dann läuft er auch, sonst haben wir keinen Job mehr.«

»Aber mein Job ist es nicht, dich und den Jungen zu bedienen.«

»Azmi ist heute ein wenig aggressiv«, entschuldigt sich Khalil bei Amer und sagt, an Azmi gewandt: »Dann geh nach vorn und nerv hier nicht rum.« Wieder zu Amer: »Also, was weißt du über Jamals Cousin?«

»Er war ein Märtyrer«, sagt Amer.

»Ja.« Khalil legt die Hände in den Schoß, greift nach seiner Tasse, die zwischen zwei Tastaturen steht, und fragt: »Kennst du auch Husam?«

»Den Viehhirten?«

Khalil nickt und nippt am Tee.

»Kaum«, sagt Amer. »So wie ihn jeder kennt. Warum fragst du?«

»Nur so… Jamal hat mir etwas über dich erzählt.«

»Was denn?«

»Gutes. Er mag dich. Und Leute, die Jamal mag, die mag auch ich.«

Amer rätselt. Was soll diese Befragung und was verbindet Jamal, Husam und Khalil?

»Hat Jamal dir schon mal was über mich erzählt?«

Amer schüttelt den Kopf. »Nein, noch nie.«

»Braver Junge«, sagt Khalil und blickt auf den Rechner. »Na, dann kümmern wir uns mal um den Patienten.« Khalil lädt ein Programm von einer CD, löscht ein paar Dateien, checkt mit dem Norton-Doktor alles durch und sagt: »So, jetzt müsst ihr daheim das Ding nur noch richtig anschließen.«

Draußen wartet Husam mit den Ziegen.

»Alles in Ordnung, Amer? Geht's dir gut?«

Amer nickt. »Der Rechner vom Waisenhaus war kaputt...« Ehe er es näher erläutern kann, unterbricht ihn seine Mutter. Sie beugt sich gegenüber aus dem Fenster und ruft: »Komm, Amer! Ein Paket!«

Amer umschifft die vier Ziegen, die Husam gerade an die Laterne vor dem Geschäft bindet, und trabt nach Hause.

»Ein Paket«, sagt seine Mutter.

Wäre sein Vater zu Hause, er hätte es sicher geöffnet. Amer liest den Absender. »Maya Fleischmann. Es ist von Maya.«

»Dein Rucksack.«

Tatsächlich. Maya hat nach ihrem Anruf alles organisiert.

»Das ist nett von ihr.«

»Hab ich dir doch gesagt, Mama. Sie ist ein guter Mensch.« Amer nimmt den Rucksack mit in sein Zimmer und hört die Stimme seiner Mutter nicht mehr, die fragt: »Was ist das denn für ein Computer?«

Ein Brief liegt im Rucksack:

Lieber Amer,

ich habe mit deinem Vater telefoniert. Er hat mir deine Adresse gegeben. Ich hoffe, es geht dir gut. Ich habe schon gehört, dass sie den Checkpoint bei euch noch weiter verstärkt haben, aber vielleicht können wir uns trotzdem wiedersehen. Du kannst dich ja bei mir melden.
Meine Handynummer: 058202231.

Viele liebe Grüße
Maya

»Diese Nummer ist nicht verfügbar«, sagt eine freundliche und klare Frauenstimme. Amer wählt als Nächstes die Nummer der Auskunft. Doch der Sprecher der Telefongesellschaft kann ihm nicht weiterhelfen. Die palästinensische Auskunft hat nur die Telefonnummern in den besetzten palästinensischen Gebieten.

»Scheiß Land«, flucht Amer in den Hörer.

»Was hast du?« Normalerweise würde seine Mutter ihn für einen solchen Ausdruck zurechtweisen. Aber Hanan sieht, wie aufgeregt er ist.

»Ach, lass, Mama. Ich versuch's noch mal.«

Er wählt. Es tutet ganz normal.

»Ich geh mal in mein Zimmer«, sagt er und nimmt das schnurlose Telefon mit.

»Hallo.«

»Maya?«

»Ja, bist du es, Amer?«

5.

Mauerbau ... elektrischer Zaun ... Apartheidswand. Die Worte des Aljazeera-Reporters klingen Amer noch im Ohr, als er seinen Ausweis am Checkpoint zeigt. *Israel will Mauern um die palästinensischen Siedlungen, um jedes palästinensische Dorf bauen. Die israelische Regierung glaubt, die Absperrungen würden die Selbstmordattentäter von israelischem Territorium fernhalten ...* Am Checkpoint steht heute ein zweiter Panzer.

Amer soll den nackten Bauch zeigen. Die Soldaten haben Angst, er könnte einen Sprengstoffgürtel tragen. Er lupft kurz den Pullover.

»Geh weiter!« Der Soldat ist ruppig und schubst ihn nach vorn. »Mach schon.«

Amer kocht vor Wut, aber er schweigt.

Er hat Angst. Angst, die Soldaten könnten ihn festnehmen und feststellen, dass die Sondergenehmigung in seinem Pass eigentlich längst ungültig ist. Schließlich muss sein Vater nicht mehr täglich nach Jerusalem zur Arbeit. Damals hatte er über seinen Chef nicht nur für sich, sondern für die ganze Familie eine Sondergenehmigung erhalten, um den Checkpoint passieren zu dürfen – vermutlich über irgendwelche dunklen Kanäle in der israelischen Verwaltung.

Hinter dem Checkpoint steigt Amer in einen Minibus. Er denkt ans Waisenhaus. Nach dem Anruf bei Maya ist er gestern noch mal bei Marie gewesen.

Er hat am Computer in Maries Zimmer gesessen und im Internet nach neuen Nachrichten aus Dschenin gesucht. Marie versuchte gerade, Ibrahim auf dem Handy zu erreichen. Vergebens. Amer hat gehört, wie sie im Aufenthaltsraum sagte: »Er ist verrückt. Er hätte sich ergeben müssen.«

Dann sprach Sabreen: »Er musste kämpfen. Wenn er gestorben ist, dann hat sein Tod einen Sinn.«

»Du bist auch verrückt«, hatte Marie geantwortet. »Wie kannst du so etwas Dummes sagen? Ibrahim ist mein Sohn, wie du meine Tochter bist. Ihr könnt euch doch nicht einfach erschießen lassen. Das hilft keinem.«

»Doch. Und deine Kinder sind wir schon gar nicht.«

»Du bist böse, Sabreen. Es ist besser, du gehst jetzt auf dein Zimmer.«

Sabreen war laut trampelnd nach oben gerannt, hatte herumgemault und die Tür zugeworfen. Amer saß wie versteinert vor dem laufenden Computer und Marie kam mit Tränen in den Augen zurück. Der Rechner funktionierte wieder, sogar das Internet, nur interessierte das plötzlich niemanden mehr. Stattdessen lief das Radio die ganze Zeit und der Reporter sprach von der sogenannten *Apartheidswand* – geplante Höhe acht Meter, alternativ sollten elektrisch gesicherte Zäune errichtet werden. Immer wieder verwies der Sprecher auf die frühere Apartheidspolitik in Südafrika, durch die Weiße von Schwarzen strikt getrennt waren.

Jetzt sitzt Amer im Bus nach Jerusalem. Mulmig ist ihm, nicht wegen Dschenin, Marie oder Sabreen, nicht wegen seines Vaters, sondern wegen Maya. Er hofft, sie gleich dort unten in Alt-Jerusalem zu treffen. Der Bus fährt hinab, bleibt auf der Jericho-Straße, fährt an der Stadtmauer entlang. Braune, weiße, erdfarbene Steine. Das Löwentor. Früher ist Amer mit seinen Eltern am Palmsonntag, vom Ölberg kommend, mit einem Palmzweig in der Hand in der Prozession durchs Tor zur Via Dolorosa gegangen. Dort soll auch Jesus in die Stadt eingezogen sein. Der Bus biegt links ab. Sultan-Suleiman-Straße. Das Straßenschild in hebräischer, arabischer und lateinischer Schrift. Weiter an der Mauer entlang, das Rockefeller-Museum rechts, ein paar Hütten, zerfledderte Palmen. Kinder verbrennen Abfall in einer Tonne, der Verkehr fließt zäh, der Bus bremst. Das Damaskus-Tor links. Es ist der Einlass ins arabische Viertel, hoch wie ein vierstöckiges Haus, mit zwei Türmen. Einziger Schmuck sind die orientalischen Zinnen. Der Anblick des Tors erinnert an einen Ritterfilm, in dem Angreifer auf ein Bollwerk schauen, dessen Schatten sie zusammenzucken lässt... Nur tragen die Bewacher heute keine Armbrüste, sondern MGs.

Der Bus bleibt auf der gegenüberliegenden Straßenseite in einer langen Reihe anderer blau-weißer Minibusse stehen. Die Fahrer sprechen die Passanten auf dem Bürgersteig an: »Steigen Sie ein!« oder »Wohin möchten Sie?« oder »Ich fahre nach Soundso!«. Sie sind aufdringlich und es sind nur Männer. Keine Frau am Steuer eines

Minibusses, keine Frau macht solche Arbeit. Fliegende Händler stehen daneben mit Zeitungen, Walkmans, Haribo-Konfekt, Fladenbrot, Cola und Schuhen, Frauen kaufen ein, Armreifen und Bananen im Angebot, Läden mit Obst, Erbsen, Fisch, Tabak, Lamm – keine Juden, nur Araber.

In Friedenszeiten sind hier auch Juden unterwegs und feilschen mit den arabischen Händlern. Drängeln und Quetschen inklusive. Ein russisches Ehepaar mit einem Mädchen, die Haare auffallend blond, die Lippen auffallend rot. Amer hält sie für Touristen. Die Russen scheinen weniger ängstlich als andere, immer noch kommen zumindest ein paar als Besucher ins Heilige Land. Amer überquert die Sultan-Suleiman-Straße, wo die Wagen dicht an dicht stehen wie auf einem Parkplatz. Er drängt sich an einem hupenden Toyota vorbei, wird fast überfahren, stößt durch die Menge auf dem Gehsteig und gelangt zu den Treppen, die zurück zum Damaskus-Tor führen. Ein alter Mann in einem Mantel mit Pelzkragen stützt sich auf Geländer und Stock, zwei Jungen verkaufen Jeans, Hemden und gerahmte Sprüche aus dem Koran.

Irgendwas muss hier eben los gewesen sein. Es ist zwar immer voll am Tor, aber so voll auch wieder nicht. Ein Kamerateam, Journalisten rücken an, Amer entgegen, Polizisten, Soldaten, Leute mit eingerollten Transparenten und zwei Fotografen, die Helme mit der Aufschrift *Presse* in den Händen halten.

»Was ist passiert?«

Der Melonenverkäufer rückt im Schatten des Tores seinen Karren zurecht.

»Demonstration. Die Israelis haben die Al-Aksa-Moschee geschlossen und wir haben demonstriert. Die Israelis sind feige. Sie haben Angst, der Imam könnte beim Gebet zum Kampf aufrufen. Keinen über vierzig lassen sie mehr in die Moschee. Feige Bande.«

Amer nickt, und der Händler fragt: »Melone? Möchtest du eine Melone kaufen?«

»Nein.«

»Wieso hältst du mich dann auf?«

Im Land herrscht Krieg. Hier, hinter dem Damaskus-Tor, wo die Jerusalemer Altstadt beginnt, herrscht Gedränge. Ein Junge folgt Amer mit einem Bauchladen voller Batterien, zwei Akku-Ladegeräten und Schnürsenkeln. Er hinkt, seine linke Hand besteht nur noch aus einem Stück vernarbtem Fleisch und einem Daumen, mit dem er den Holzkasten hält.

»Kaufen? Willst du kaufen?«

»Kein Geld.«

»Willst du kaufen?«

»Sprich die Touristen an, nicht mich. Ich hab nichts.« Armer Hund, denkt Amer und geht schneller, um ihn abzuschütteln. Ein speckiger Typ mit Anzug und einem Esel im Schlepptau kommt ihnen entgegen. Das Tier rutscht auf den großen Steinen immer wieder aus, die Leute blaffen das Herrchen an: »Pass doch auf!« Er schreit zurück und brüllt nun auch auf den Esel ein, den er mit sechs riesigen Gasflaschen bepackt hat. Das Tier weigert sich, aber sein Herrchen zerrt.

Amer sieht den Jungen nicht mehr und atmet auf. Da taucht er schon wieder neben ihm auf: »Kaufen? Batterien?« Die Damaskus-Tor-Straße mündet in die El-Wad, es wird ruhiger, der Weg flacher. Mittendrin ein jüdisches Haus mit israelischer Flagge, unter dem der Weg hergeht. Ein kleiner Platz.

»Ich kaufe nichts«, wiederholt Amer und setzt sich in einen Korbstuhl des Cafés, vor ihm ein französisches Bistrotischchen aus Stahl. »Und wenn du dich bei mir auf den Schoß setzt, ich kauf dir nichts ab.«

»Batterien. Kauf.«

»In was soll ich deine Batterien stecken?«

»Hier. Kauf meinen Walkman.«

»Ich hab keinen einzigen Shekel«, sagt Amer. »Oder seh ich so aus? Was willst du von mir? Ich hab nichts. Ich habe eben Russen vor dem Tor gesehen, die musst du fragen.«

Der Kellner kommt und verscheucht den Jungen.

»Er ist crazy«, sagt er. »Wir geben ihm manchmal ein oder zwei Shekel. Er ist allein, seine Verwandten sind tot. Kommt aus Dschenin, hab ich gehört.«

»Wo wohnt er jetzt?«

»Was willst du trinken?«

»Nichts. Ich warte auf jemanden.«

»Steh auf«, sagt der Kellner, dessen Miene sich augenblicklich verfinstert. »Wir brauchen jeden Stuhl.«

»Aber hier sitzt doch keiner.«

»Geh.«

Gerade als in Amer die Wut aufsteigt, hört er eine helle Stimme hinter sich, die sagt: »Amer?«

Er dreht sich um.

»Maya.« Sie ist noch größer, als er sie in Erinnerung hat – fast so groß wie er selbst –, und ihre Sommersprossen auf der Nase scheinen in ihrem Gesicht zu tanzen, als sie lachend sagt: »Lass uns verschwinden, Amer.«

»Du wolltest dich doch hier treffen.«

»Weil uns hier keiner kennt und wir sicher sind.«

»Wie meinst du das?«

»Weil sich kein Palästinenser im arabischen Viertel in die Luft sprengt. Hier treffen sie doch nur Palästinenser.« Sie lacht ihn an. »Ist doch logisch, oder?«

Er folgt ihr in die verwinkelten Gassen, wo immer weniger Menschen zu sehen sind und die Geschäftsleute die Eisentüren der Läden verriegelt haben. Ein Spalier aus Toren. Die Gasse ist eng und dunkel. Kinder spielen Fußball. Der Ball hat seine weiße Farbe fast verloren, überall blankes Leder. Sie schießen ihn gegen die Eisentüren, er prallt wie eine Billardkugel von Bande zu Bande. Ein Mädchen mit schmutzigem Rock und löchriger Wollstrumpfhose grinst Maya an und feuert ihr den Ball entgegen. Maya glaubt, es will mit ihr spielen. Doch als sie den Ball zurückkicken will, läuft einer der Jungen auf sie zu und schießt das Leder, so fest er kann, gegen Maya und ruft triumphierend: »Treffer!«

Maya zuckt zusammen, Amer steht wie versteinert neben ihr.

Noch mal: »Treffer!«

Maya hält sich die Schulter, als der Ball die Gasse hinabrollt. Es ist still. Nur das Brummen des Hubschraubers über der Stadt ist zu hören.

»Wie heißt du?«, fragt Maya den Jungen, der sich jetzt breitbeinig und mit über der Brust gekreuzten Armen vor sie hinstellt. Er will sie einschüchtern, aber sie lässt sich so leicht keine Angst einjagen.

»Ahmad.«

»Dann lass sie in Ruhe, Ahmad«, mischt sich Amer ein.

Ahmad geht Amer gerade mal bis ans Kinn, aber er scheint sich größer zu fühlen. Wahrscheinlich wohnt er in einem der schmalen Häuser hier. Heimvorteil.

»Warum? Habt ihr Angst?«

»Weil sie dir nichts getan hat.«

Der Junge spuckt Amer auf die Schuhe. »Und du? Was hast du getan, dass du hier mit einer Jüdin rumrennst?«

»Komm, Amer, lass uns gehen«, sagt Maya. »Die sind bescheuert.«

Maya geht stur die Straße hinauf.

»Lauf ihr nur nach. Lauf der Jüdin nur hinterher«, stichelt Ahmad.

Amer würde ihn am liebsten ins Gesicht schlagen. Er tut es nicht, schluckt seinen Zorn runter und ruft: »Maya! Warte.«

Jetzt wo er hinter ihr hergeht, sieht Amer erst, dass sich Maya die Haare zu einem Pferdeschwanz zusammengebunden und ihr dunkelblauer Pulli eine Mütze hat.

Sie biegen rechts in die Via Dolorosa, die steil bergauf führt. Die Treppenstufen sind jeweils rechts und links von schmalen Rampen durchbrochen, damit die armbreiten winzigen Trecker hier morgens hochfahren können, um die Geschäfte zu beliefern oder Müll wegzufahren. Amer achtet nicht auf die Tafeln an den Wänden der Straße – die Kreuzwegstationen Jesu. Bis zu den ersten Selbstmordattentaten standen hier scharenweise Pilger aus aller Welt und beteten an jeder Station. Jetzt ist kein Mensch in der Gasse, kein Gebet wird gemurmelt, nur das Wort »Verräter!« hallt hinauf.

»Ich hätte sie doch verprügeln sollen«, sagt Amer. »Die verstehen keine andere Sprache.«

»Und die Nächsten? Willst du die auch verprügeln? Vergiss sie. Wir müssen hier in die Christian-Quarter-Road.«

Amer schweigt. Das Internetcafé Freeline ist noch geöffnet. Die andern Läden sind dicht. Nach 50 Metern links: die Christian-Quarter-Road. Sie ist die ersten Schritte überdacht, Amer und Maya gehen an einem Billardsaal vorbei, dann an *Al Zouhors Barbershop* und an zwei Nonnen in hellblauen Kleidern, dunklen Strickjacken und weißen Häubchen. Die Nonnen biegen wie Amer und Maya durch den Torbogen in die Muristan-Road, in eine der Hauptschlagadern des christlichen Viertels – kaum jemand ist auf der Straße, nur ein paar Jungen auf Fahrrädern. Links in einer Seitengasse liegt der sternförmige Platz mit der Muristan-Quelle, einem Brunnen, rechts die evangelische Erlöserkirche, hohe Mauern, die Eingangstür verschlossen, gegenüber Juwelier- und Antiquitätengeschäfte – geschlossen, auf den grünen und gelben Rollläden stehen Parolen in Schwarz, oder sie sind bemalt mit Totenköpfen. Dann wieder ein Tor, die Jungen sind von ihren Rädern abgestiegen. Sie prügeln sich und beachten Amer und Maya nicht. Plötzlich taucht vor den beiden hinter einem winzigen Torbogen die *Kirche des Heiligen Grabes* auf, die XIII. Station des Kreuzwegs Jesu – Golgatha. Auf diesem Platz kann man normalerweise vor Touristen nicht atmen.

Amer kommt das alles unwirklich vor. Die Busfahrt, die palästinensischen Jungen, verwinkelte Gassen, israelische Soldaten und nun dieser Ort. Hier wurde Jesus vom Kreuz abgenommen, hier weinte Maria, hier ist sein Körper zusammengebrochen, hier wurde die Kirche um sein Grab gebaut, aber Amer fühlt sich, als hätte er einen Wattebausch im Kopf, kein klarer Gedanke, selbst Maya kommt ihm mit ihrem wippenden Schritt vor wie ein Wesen aus einem Traum. Mönche rollen ihre Teppiche vor der armenischen Kapelle St. Johann zusammen und reden in einer Sprache, die Amer noch nie gehört hat. Vermutlich Armenisch, denkt er. Ansonsten leben neben den armenischen noch katholische und griechisch-orthodoxe Priester hier sowie Kopten, Äthiopier und Syrer. Amer kennt diese christlichen Glaubensrichtungen kaum. Er weiß nur, dass die orthodoxen Christen später im Jahr Ostern und Weihnachten feiern als er und seine Eltern.

»Wo sollen wir hin, Maya?«

Sie zuckt mit den Schultern. »Weiß nicht. Ich mag diesen Ort. Es gibt hier keine Soldaten.«

Nur eine Handvoll Mönche unterhalten sich vor der

Kirche. Über dem Eingang gibt es einen Bogen mit Blumenmuster und darüber noch ein Sims. Genau dort oben, in etwa zehn Metern Höhe, steht auf dem Sims eine kurze Leiter, die zu einem offenen Fenster im zweiten Stock der Kirche führt.

»Wer soll denn da oben rumklettern?«

»Ich glaube, die Leiter gehört den Armeniern. Ich war schon mal mit meinen Eltern da, als zwei Priester draufsaßen und zuguckten, wie die Griechisch-Orthodoxen hier unten auf dem Platz ihre Fußwaschung durchzogen. Die Leiter darf wohl nicht versetzt werden, weil die Armenier es nicht wollen, hat mein Vater erzählt, und es müssen ohnehin fast alle Religionsführer zustimmen, damit irgendein Ding in der Kirche bewegt werden darf.«

Maya schaut Amer etwas skeptisch an.

Der sagt: »Hört sich idiotisch an, ich weiß.«

Dann wirft sie einen Blick durch den Eingang in die Kirche. Acht weiße Gefäße, die aussehen wie Lampen oder fliegende Blumenvasen, kann sie von hier erkennen, sonst nichts. Drinnen ist es zu dunkel, hier draußen noch zu hell, obgleich es schon vier Uhr ist. Sie geht ein Stück zurück und schließlich rechts auf den Eingang zur armenischen Kapelle zu – eine niedrige Tür neben der eigentlichen Geburtskirche. Maya verschwindet dort, als wäre sie vom Gebäude verschluckt worden.

Amer zögert, dann folgt er ihr. Ein winziger Raum mit einer Madonna und Kerzenlicht tut sich auf.

»Maya?«

Stille.

Äthiopische Kopten sitzen in der Kapelle. Die Frauen tragen weiße Umhänge. Ihre Gesichter sind jung, schmal und dunkelbraun – soweit Amer es erkennen kann. Er geht am Rand entlang über den ausgetretenen Steinboden, dann eine Treppe höher, wo wieder eine Kapelle ist, noch dunkler, mit noch weniger Kerzen und einem säuerlichen Geruch. Er sieht einen Afrikaner, eingehüllt in einen schwarz-braunen Umhang, mit angefaulten Fingern von abgeheilter Lepra, dann eine weitere Treppe, auf halber Höhe ein Marienbild, davor ein spindeldürrer Priester. Amer zwängt sich zwischen der Wand und dem knienden Mann hindurch die Treppe hinauf ans Tageslicht.

»Na, hast du das Labyrinth überwunden?«, fragt Maya. Wenn Maya lächelt, dann lächelt nicht nur ihr Mund, lächeln nicht nur die Augen, es scheint, als lächelt jede einzelne Faser ihres Gesichts. »Hier oben ist es wunderschön. Guck dir das an.«

Amer sieht in den Himmel, der zu glühen scheint. Endlich einmal schönes Wetter an diesem Abend. Es ist die letzten Tage ständig diesig oder verregnet gewesen, doch heute ist es klar und die Sonne ein roter Ball. Sie sind auf dem Dach der Kirche vom heiligen Grab, genauer gesagt auf der Helena-Kapelle. Hier oben erhebt sich nicht nur die Kuppel, die wie die Spitze von einem Saurier-Ei aus dem Dach hervorbricht, hier befinden sich auch die Nischen der äthiopischen Priester, ihre steinernen Zellen, in denen jeder bescheiden für sich lebt – ein Bett, ein Schrank, keine Dusche. An der Mauer lehnen massive Holzkreuze. Die Pilger und Priester haben sie abgestellt, so selbstverständlich, wie man ein Fahrrad vor der Tür stehen lässt, das man gleich wieder benutzt. Könnte man von hier schräg nach unten bohren – 30 Meter tief –, stände man vor dem Heiligen Grab, dem Altar der Nägel, der Adamskapelle, wo angeblich Adams Schädel ruht, man könnte die Gebete hören am Grab Jesu, in diesem winzigen Raum in der koptischen Kapelle. Und Maya sähe wieder die weißen Krüge, die eigentlich acht Leuchter sind. Sie hängen sauber aufgereiht an goldenen Ketten über dem rosafarbenen Stein der Salbung, wo Jesus, nachdem man ihn vom Kreuz abnahm, gesalbt wurde.

»Es ist so unglaublich schön hier. Man kann die Religion förmlich spüren«, sagt Maya. Amer setzt sich neben sie auf den Mauervorsprung beim Eingang – rückt ganz dicht an sie heran. Ihm fällt nicht ein, was er drauf sagen soll. Er wundert sich über Maya. Schließlich ist sie Jüdin, und all dies hier ist zur Ehre Jesu errichtet, eines Jesus, der am Kreuz starb, der für die Juden nicht der ersehnte Messias war, nicht ihr Erlöser.

»Oder findest du nicht, Amer?«

»Doch, ja.«

»Ich kann nicht lange bleiben«, sagt Maya, etwas kurz angebunden. Amer zuckt zusammen. Hat er was falsch gemacht?

»Ich auch nicht. Ich muss bald nach Hause«, erklärt er. Eine merkwürdige Stille herrscht hier oben, wenn nicht gerade die Kirchenglocken schlagen oder der Muezzin zum Gebet ruft.

»Wie geht es Sabreen?«

»Gut. Sie ist an ihre Krankheit gewöhnt. Gestern Nachmittag ist sie wieder mal ausgeflippt...«

»Wieso das?«

»Weil Marie Angst um eines ihrer Ex-Waisenkinder hat. Er war Polizist in Dschenin, keiner weiß, was aus ihm geworden ist.«

»Und warum streiten sich Marie und Sabreen?«

»Weil Marie gesagt hat, er hätte sich besser den israelischen Soldaten ergeben und nicht kämpfen sollen. Sabreen meint dagegen, man muss kämpfen.«

»Und du?«

»Weiß nicht. Ich will nur, dass mein Vater wieder Arbeit findet.«

»Mein Bruder ist jetzt bei der Armee.«

»Wo?«

»In En Gedi.«

»Am Strand?« Amer lacht, denn außer Strand gibt es in En Gedi am Toten Meer eigentlich nichts, nichts als Sonne, Sand, Meer, Reste einer alten Synagoge, hübsche Wasserfälle und einen Naturpark mit Steinböcken, Hyänen und Leoparden. Aber die tragen normalerweise keine Sprengstoffgürtel und sind keine Gefahr für die israelischen Soldaten. Es ist einfach ein netter und friedlicher Fleck Israel.

»Nein, nicht direkt in En Gedi. Es ist schon ein gutes Stück weg landeinwärts – ein Kibbuz. Wir sagen nur En Gedi, weil es in der Richtung liegt.«

Amer grinst.

»Jedenfalls soll er den Kibbuz dort bewachen.«

»Ist ja sicher nicht so gefährlich, oder?«

»Meine Mutter und mein Vater sorgen sich trotzdem.«

Amer wird wieder ernst und sagt: »Kann ich verstehen. Sie sind Mutter und Vater.«

»Ich weiß nicht, ob du es verstehen kannst. Die Bombenattentäter machen uns Angst.«

Amer nickt. »Bislang haben nur wir Angst haben müssen. Jetzt seid auch ihr an der Reihe, sagen sie bei uns.«

»Blödsinn. Ist das etwa christlich?«

»Natürlich nicht. Wir Christen sagen es ja auch nicht.«

»Wirklich?«

»Ich jedenfalls nicht.«

Er will mit ihr nicht über Politik reden. Am liebsten würde er sie in den Arm nehmen und ihren Mund küssen, aber er traut sich nicht und meint: »Es war toll, dass du mir den Rucksack geschickt hast.«

Ehe Maya etwas sagen kann, taucht ein Priester mit schwarzer Kappe und schwarzen Turnschuhen auf. Nicht mal das Rot der untergehenden Sonne kann sein Gesicht sanft zeichnen. Er spricht gebrochen Hebräisch. Maya versteht ihn kaum.

»Warum sollen wir denn hier weg?«, fragt sie den Priester.

»Ihr sollt nicht. Ihr könnt…«

»Das wissen wir«, gibt Maya beleidigt zurück, und zu Amer sagt sie: »Er will uns vertreiben. Ich weiß nicht, warum.« Sie hat genauso ein Recht, hier oder an irgendeinem anderen Punkt der Stadt zu sein wie jeder Moslem, jeder Christ und jeder andere Jude. Maya steht auf. Trotz ihrer Größe ist sie gut anderthalb Köpfe kleiner als der Äthiopier.

Amer weiß nicht, wie viele christliche Kopten aus Ostafrika mittlerweile in Israel leben, es werden jeden Tag mehr. Dabei sind die meisten Afrikaner allerdings keine Christen wie dieser Priester, sondern Juden, die in der israelischen Armee dienen oder als Wachleute an den Gedenkstätten. Zurzeit erhalten Juden aus aller Welt schnell und ganz automatisch den israelischen Pass. Deshalb kommen viele Juden aus Ostafrika, wo die Armut unerträglich ist. Allerdings entpuppen sich manche nach ihrem Tod, wenn die Papiere näher kontrolliert werden, als Nichtjuden, als Christen oder Atheisten und dürfen daher nicht vom Rabbi begraben werden.

»Ich wollte nur sagen«, erklärt der Priester, »dass wir hier wohnen und beten.«

Nun erst versteht ihn Maya. Er will sie gar nicht vertreiben, sondern nur plaudern. Sie schämt sich. Die Begegnung mit den Kindern auf der Gasse hat sie nervös und misstrauisch gemacht. Der Äthiopier lächelt die beiden noch einmal an, geht dann zu einer der Nischen neben der Kuppel und schlüpft durch einen winzigen schulterhohen Eingang in seine Zelle. Amer muss an den Eingang zur Geburtskirche in Bethlehem denken. Der ist auch niedrig. Die Christen hatten ihn fast zugemauert, damit die Ritter nicht auf ihren Pferden hineinreiten konnten.

»Wir sollten weiter. Ich komm mir beobachtet vor. Was, wenn zufällig einer meiner Freunde hier auftaucht?«, sagt Maya.

»Man muss kein Jude sein, um paranoid zu sein, aber es hilft dabei«, sagt Amer und lacht über seinen Witz.

»Das ist doch nicht von dir?«

»Nein, von Woody Allen. Und der ist selbst Jude. Der Spruch hängt an der Wand unseres Kramladens neben zwei Koransprüchen.«

»Jedenfalls will ich weg hier«, drängelt Maya.

»Du musst keine Angst haben. Der Priester wird uns schon nicht verraten.«

»Mein Vater darf einfach nicht von unserem Treffen erfahren. Der ist ohnehin schon ziemlich sauer auf mich wegen der Schule. Ich mach dieses Jahr Abi, und ich weiß nicht, ob ich es packe«, sagt Maya.

»Mein Vater weiß auch von nichts.«

»Also. Lass uns gehen.«

»Wenn du meinst, es gibt einen besseren Ort...«

Zur Christian-Quarter-Road zurück, dann hinauf in eine der Hauptgeschäftsstraßen. Ein paar Andenkenhändler hocken noch vor ihren Läden, spielen Schach und Dame, sitzen auf Klappstühlen und reden, reden, reden. Israelische Polizisten kommen auf Amer und Maya zu, die Maschinenpistole im Anschlag, und ein Gummiknüppel lugt unter der schusssicheren grünen Weste hervor. Sie eskortieren eine jüdische Familie – einer vorn, einer hinten, als trieben sie eine Herde Lämmer. Der Vater trägt einen schwarzen abgetragenen Anzug und einen riesigen auffälligen Pelzhut, den er zum Schutz vor einem möglichen Regenguss mit einer durchsichtigen Plastiktüte umwickelt hat, seine Frau und die vier Mädchen haben strenge, lange Faltenröcke an. Nur ihre dunkelbraunen dicken Wollsocken und die abgewetzten Lackschuhe lugen unten hervor… Sie folgen dem mächtigen Vater wie kleine Küken, die möglichst dicht zusammenbleiben. Orthodoxe Juden aus Polen. Die Soldaten beäugen kritisch jeden der arabischen Händler, die hier auf Frieden und Kundschaft warten.

»Alle haben Angst in den Augen«, sagt Maya. Die merkwürdige Karawane zieht weiter. Leichter Regen setzt ein.

»Ausgerechnet jetzt. Einen solchen April haben wir schon seit Jahren nicht mehr gehabt. Eben war noch keine Wolke da und jetzt regnet es.«

Maya nickt. »Wir müssen, glaube ich, in die Suq-El-Lahhawin, und von da geht es hoch auf die Dächer. Wenn wir uns beeilen, schaffen wir es noch, bevor die Sonne ganz weg ist.«

Amer fragt nicht, warum sie unbedingt hinaufwill.

»Halt«, befiehlt Maya.

Von Weitem sehen sie, wie die stählerne Treppe, die auf eines der Dächer Jerusalems führt, von Soldaten bewacht wird. »Vermutlich suchen sie nach einem Terroristen oder befürchten einen Anschlag«, sagt sie. »Da kannst du jedenfalls nicht rauf. Sie werden dich sofort überprüfen, und wer weiß, was dabei rauskommt.«

»Was sollen sie mir schon anhaben? Ich hab nichts getan.«

»Es reicht, wenn sie dich festhalten und dein Vater dich von der Polizeiwache abholen muss.«

Amer nickt und fragt: »Und jetzt?« Normalerweise hat

er Energie für zwei, Ideen für zehn, aber neben Maya fällt ihm nichts ein. Es ist alles so kompliziert mit ihnen.

»Wir haben ohnehin zu wenig Zeit. Sollen wir uns in ein paar Tagen noch mal treffen?«

Amer ist starr, schweigt, der Regen auf seinem Haar, die Tropfen fließen hindurch auf die Kopfhaut, hinunter in sein Gesicht. Alles unwirklich, alles wie in Zeitlupe.

»Was ist, Amer? Sollen wir?«

Natürlich möchte er sie wieder sehen. Was für eine Frage! »Klar«, sagt er. Mehr kriegt er einfach nicht raus.

»Dann ruf mich an. Du hast meine Handynummer.«

Plötzlich kommt ihm alles so wenig romantisch vor, so kühl. Es regnet stärker. Nur die Soldaten an der Treppe scheinen unter ihren grünen Helmen nichts davon mitzubekommen, sie klammern sich an ihre kalten Gewehre.

Während Maya weiter in Richtung jüdisches Viertel, Richtung Klagemauer geht, kehrt Amer zurück in den arabischen Bezirk, zurück zum Damaskus-Tor, wo die letzten Händler vor dem Regen flüchten.

Über was hat er sich eigentlich mit Maya unterhalten? Über nichts. Amers Gedanken flirren wie Glühwürmchen, wie die Lichter der Wagen, der Busse, die jetzt auf dem Ring um Alt-Jerusalem, auf der Sultan-Suleiman-Straße, fahren, als ob sie ein stählerner Strick wären, der sich enger und enger um Jerusalem legt.

»Nach El-Azariya?«, fragt ihn ein Busfahrer.

Amer steigt ein. Richtung Bethanien, das von den Arabern El-Azariya genannt wird.

6.

Der Ruf des Muezzins weckt Amer.

Es ist Freitagmorgen, Zeit fürs Freitagsgebet. Ein fader Tag für einen Christen. Wenn Tariq und die andern ihren höchsten Tag in der Woche – sozusagen ihren muslimischen Sonntag – feiern, ist für Amer Alltag. Früher hat ihn das mehr gestört, denn da hätte auch er mit seinen Eltern freitags gern einen Ausflug gemacht oder Verwandte besucht. Mittlerweile ist es ihm egal.

Wenn nur nicht dieser Muezzin so extrem laut wäre. Wenigstens könnte er seinen Lautsprecher eine Spur leiser stellen. Seit Beginn der 2. Intifada, seit der bewaffnete Kampf der Palästinenser wieder aufgeflammt ist, also seit vor gut einem Jahr der israelische Premierminister, begleitet von Soldaten, den Tempelberg in Jerusalem mit der Al-Aksa-Moschee besuchte, seit diesem Tag scheint der Muezzin den Lautstärkeregler jedes Mal bis zum Anschlag aufzudrehen.

»Halt endlich die Klappe!«, flucht Amer im Bett vor sich hin. »Es wissen doch alle, dass sie kommen sollen.« Wir haben die Glocken, die Moslems ihren Muezzin, nur die Juden gehen von ganz allein in die Synagoge. Das macht sie Amer an diesem Freitagmorgen sympathisch.

Jetzt liegen zu bleiben quält ihn. Amer ist ohnehin unruhig. Das Treffen mit Maya geht ihm nicht aus dem Kopf. Er zieht einen dicken Pulli, Jeans und Turnschuhe an. Seine Eltern schlafen noch, als er sich ungewaschen und ungekämmt aus der Tür schleicht, einen Blick nach links zum Checkpoint wirft, wo heute nicht viel los ist, und dann die Straße hinaufschlendert. Am liebsten würde er immer weiterlaufen, bis hinunter nach Jericho, die ganzen 25 Kilometer die staubige Straße entlang. Das würde ihn vielleicht auf andere Gedanken bringen – weg von Maya. Das Treffen mit ihr war ein Reinfall, nichts wirklich geschehen, kein Kuss, gar nichts, nur dieses blöde Gerede über Politik. »Ich Idiot«, murmelt Amer vor sich hin. »Ich könnte mich …«

»Willst du mit?« Ein Minibus hält. »Was ist? Wir fahren am Waisenhaus vorbei. Wir können dich mitnehmen, Amer. Willst du?«

»Danke, Raid. Ich laufe.« Raid ist der größere Bruder eines Schulfreunds.

Amer zieht sein Portemonnaie und kramt den Zettel mit Mayas Handynummer hervor, als spräche aus dieser Nummer ihre Stimme. Hell und klar, ungebrochen und ehrlich. Er muss sie anrufen.

Die Telefonzelle neben Nassers Kramladen ist kaputt.

»Die Israelis«, sagt Nasser ironisch, der gerade aus dem Haus kommt und Richtung Moschee geht. »Die Israelis sind an allem schuld. Auch an dem kaputten Telefon.«

Amer lächelt ihn an. Nasser ist immer ironisch, immer grinst er ein bisschen verschmitzt unter seinem Schnauzer.

»Ich würde dich ja gern von uns zu Hause aus telefonieren lassen. Aber ich muss zur Moschee.« Nasser zeigt auf seine Armbanduhr. »Bin schon spät dran. Vielleicht gehst du einfach zu Marie und versuchst es vom Waisenhaus aus. Die Mädchen müssen doch da sein.«

»Stimmt«, sagt Amer.

Aber von dort will er Maya nicht anrufen. Der Stress mit Sabreen reicht ihm so schon. Wenn sie auch noch erfahren würde, dass er sich mit Maya trifft, hätte er die Hölle auf Erden.

Anzuklopfen ist nicht nötig. Die Tür zum Waisenhaus steht offen. Schon von draußen hört Amer Marie schluchzen.

»Es ist schrecklich.«

»Was ist passiert?«

»Ibrahim ist tot, einfach tot.«

»Scheiß Israelis!«, flucht Amer.

Marie weint, versucht, sich zu beruhigen, und sagt: »Nein, es waren seine eigenen Leute.«

»Wieso das denn?«

»Bei einer Schießerei. Er ist in die Kugeln seiner eigenen Leute gelaufen.«

Ein Sturzbach aus Tränen und Amer nimmt Marie in den Arm. Zum ersten Mal. Wie klein und zierlich sie ist, wie zerbrechlich.

Sabreen kommt die Treppe runter.

»Beruhig dich, Marie. Beruhig dich.« Sie streichelt ihr über den Kopf. »Er hat zumindest nicht aufgegeben.«

»So ein Schwachsinn, Sabreen! Hör endlich auf damit und lass mich allein.«

Sabreen verschwindet – ohne ein Gegenwort, ganz gegen ihre Natur – wieder die knarrenden Stufen hinauf. Oben redet sie mit Haya. Ihre Stimmen sind gedämpft.

»Sind die Jungen in der Moschee?«

Marie setzt sich und nickt. »Die wissen es auch schon.«

»Hier, nimm ein Taschentuch.«

»Dank dir, Amer. Wir haben es heute früh erfahren«, sagt sie gefasst, dann bricht die ganze Trauer wieder aus ihr heraus. Sie legt den Kopf auf die Tischplatte, als ob sie hofft, jemand würde ihr im nächsten Augenblick den Schädel abschlagen und sie von diesem ganzen Elend befreien.

Amers Blick fällt wieder auf die abgeliebte Puppe, die ihn aus großen traurigen schwarzen Knöpfen ansieht. Marie schlägt mit der Stirn auf das Holz – noch mal – noch mal, dann sackt sie in sich zusammen und schluchzt.

»Marie!« Amer geht zu ihr und versucht, sie zu trösten.

»Lass gut sein, Junge. Lass mich einfach allein. Du kannst nichts dazu.«

Er verlässt sie, geht die Straße hinauf, zügig, als müsse er sich vor einem kommenden Regen in Sicherheit bringen. Er läuft dem Minarett der Moschee von El-Azariya entgegen und hört schon von Weitem die donnernde Stimme des Imam, dessen Worte über Lautsprecher nach draußen übertragen werden. Die Moschee ist ein karges Gebäude aus hellen buckligen Steinen, fast quadratisch. Das Minarett mit seinen 30 Metern Höhe wirkt wie der Schornstein einer Fabrik und ist mittlerweile zu kurz und zu schmal für das mächtige schmucklose Haus, das vorigen Monat wieder erweitert wurde.

Seit Beginn der 2. Intifada besuchen mehr und mehr Menschen das Freitagsgebet – zuerst Hunderte, jetzt müssen es schon über tausend Männer sein, die dort hocken. Die Kinder stehen draußen und sehen durch die riesigen Fenster hinein in die große Halle, in der ein roter Teppich liegt. Die Gläubigen, die keinen Platz mehr in der Moschee gefunden haben, beten draußen auf ihren eigenen Teppichen. Sie haben sich mitten auf der Straße niedergelassen, schräg gegenüber einer Autowerkstatt. Vergangene Woche haben sie im strömenden Regen gekniet. Einige haben sogar einen Kompass in den Teppich eingenäht, damit sie überall wissen, wo Mekka liegt.

Amer hält Ausschau nach Jamal, während der Imam vom Krieg spricht, von Israelis, die Alte und Kinder ermorden, die Olivenbäume fällen, und vom »Massaker« in Dschenin. Arabische Moslems hätten in einem Krieg noch nie Bäume gefällt, nie Alte und Kinder getötet. Der ungleiche Krieg müsse ein Ende haben. Er predigt und predigt und die Sätze stecken voller Propaganda gegen die Israelis. Die Stimme klingt nach Hass, nach Gewalt. Von Zeit zu Zeit muss der Imam niesen. Scheinbar hat ihn eine Erkältung erwischt. »Auch vor unseren Frauen machen die Soldaten nicht halt, sie ...«, sagt er und berichtet von einer Frau in Dschenin. Ob die Geschichte stimmt oder nicht, interessiert niemanden. Die Gerüchte brodeln, und jeder ist froh über ein Gerücht, mit dem er seinen Zorn füttern kann.

Kaum ist das Gebet beendet, wird es unruhig.

»Amer!«

»Jamal!«

Jamal läuft mit Tränen in den Augen auf seinen Freund zu und fällt ihm in die Arme. »Amer! Hast du gehört?«

»Marie hat es mir gerade erzählt.«

»Siehst du es jetzt ein? Die Israelis sind Schweine.«

»Wieso? Marie hat erzählt, es sind unsere Leute gewesen, die ihn erschossen haben.«

»Marie verdreht die Wirklichkeit.«

»Aber ...!«

»Du glaubst doch nicht im Ernst, dass ein Palästinenser einem Palästinenser in den Rücken schießt?«

»Ich will es auch nicht glauben, aber Marie hat es gesagt.«

»Um uns zu beruhigen. Sie will nicht, dass wir uns gegen die Israelis auflehnen. Sie hat doch nur Angst um Tariq und mich, weil wir nicht länger zusehen mögen.«

Jamal scheint nicht mehr bei Verstand. Marie würde nie lügen.

»Sie haben Hunderte Palästinenser mit Bulldozern in Gräben gekippt. Der Imam weiß es, ich weiß es, und du weißt es auch.«

»Und woher weißt du es? Ich glaub's einfach nicht. Es kann nicht sein.«

»Lass uns noch auf Tariq warten«, sagt Jamal. »Der muss gleich rauskommen.«

Auf dem Weg zurück zum Waisenhaus reden Tariq und Jamal auf Amer ein. Pferde traben an ihnen vorbei. Freitags sind oft Väter mit ihren Jungen auf Pferden unterwegs. Früher ritten sie auf der Asphaltstraße bis hinunter nach Jerusalem und picknickten dort. Jetzt ist es wegen des Checkpoints unmöglich.

»Hast du Kontakt zu deiner jüdischen Freundin aufgenommen?«

»Woher weißt du, dass sich Maya gemeldet hat?«

»Khalil vom Computerladen hat es erzählt.«

»Ich hab nichts von Maya gesagt.«

»Aber dein Vater, der Khalils Vater gut kennt. Die beiden hocken oft im Café zusammen.«

Amer ist verdutzt, und Jamal fragt noch einmal: »Hast du nun Kontakt zu ihr aufgenommen oder nicht?«

»Ich hab sie angerufen, sonst nichts.«

»Gut so. Wer weiß, wozu sie dich sonst benutzen würden.«

»Wozu denn benutzen?«

»Als Spion zum Beispiel. Weißt du, wie viele Spitzel für Israel es unter uns gibt?!«

»Ist gut, Jamal. Du bist schon genauso paranoid wie die Israelis.«

»Das mit den Verrätern stimmt«, mischt sich Tariq ein, der noch verschlafen wirkt. Er hat die Nacht bei einer neuen Freundin verbracht. »Sie malen Kreuze auf die Wagen der Hamas und Dschihads.«

»Ja und? Ist Autos beschmieren schon Verrat?«

»Na ja, mit durchsichtiger Farbe, die nur von den Apache-Hubschraubern gesehen wird... Später feuern die Hubschrauber mit Raketen auf diese Wagen, in denen angeblich Hamas-Kämpfer sitzen, und jagen sie in die Luft.«

»Glaub ich nicht.«

»Wie erklärst du dir dann, dass von den Hubschraubern aus einzelne Autos herausgepickt werden?«

»Seid ihr sicher?«

»Ja. Es gibt hier so viele Verräter wie Steine«, sagt Jamal. »Du bist vielleicht naiv. Die Israelis nutzen jede Möglichkeit, Leute bei uns einzuschleusen oder uns auszuhorchen. Wer weiß, was sie mit dir vorhaben?«

»Mayas Eltern haben uns nur zur Klinik gebracht.«

»Ist es etwa normal, dass sich ein Israeli so verhält?«

Amer zögert und sieht auf den schmalen Streifen Schotter, auf dem sie neben der Straße gehen. Überall Müll, sogar ein ausgebranntes Autowrack.

»Siehst du. Es ist nicht normal. Israelis sind nicht so freundlich. Das müsste dir doch aufgefallen sein. Wer weiß, warum sie euch mitgenommen haben? Vielleicht wollen sie nur Kontakt zu euch aufbauen. Sie wollen dich aushorchen, ob du Dschihad-Leute kennst. Die wissen sicher auch schon, dass sich mein Cousin in die Luft gesprengt hat.«

»Jetzt mach dich nicht so wichtig«, sagt Tariq und zückt seinen Kamm. Er fährt sich durchs Haar, in dem die Pomade klebt.

»Ich seh sie ja nicht mehr«, sagt Amer. »Also keine Sorge.«

»Wieso? Hast du sie schon gesehen?«

»Nein.«

Tariq sagt nur: »Lass ihn. Ist ja wie beim Verhör. Die Israelin ist Amers Sache. Hauptsache, er verrät nichts.«

»Was soll ich überhaupt verraten?«

»Nichts«, sagt Tariq, und Jamal: »Na gut, Amer. Du hast jetzt jedenfalls den Rucksack wieder und damit lass gut sein. Mach dir lieber mal Gedanken, wie Maya an deine Adresse gekommen ist. Oder hast *du* sie ihr gegeben?«

»Nein.«

»Woher kannte sie dann eure Telefonnummer und Adresse?«

Jamal hat recht, denkt Amer. Die israelische Auskunft hat sicher genauso wenig die palästinensischen Nummern wie die palästinensische Auskunft die israelischen. Warum interessiert sich Maya überhaupt für ihn? Sie kann doch jeden Jungen haben, den sie will. Und was macht ihr Vater für einen Job, dass er sich so einen dicken Volvo leisten kann?

Draußen auf der Veranda vor dem Waisenhaus wartet Marie. Jamal und Tariq setzen sich zu ihr auf die Plastikstühle.

»Machst du mal Pause, Marie?«

Die Jungen sind beunruhigt. So ruhig sitzt ihre »Mutter« nie vor dem Haus. Sie findet sonst immer was zu tun, räumt auf, kocht, wischt Essensreste vom Tisch, hilft Jamal bei den Hausaufgaben, schreibt Briefe, kauft ein oder ...

»Bald habe ich keine Lust mehr«, sagt sie. »Es wird immer schlimmer in diesem Land. Es ist wie in einer riesigen Klinik, alle haben schwarze Flecken. Vom Hass. Nachts träume ich schon davon, dass die Israelis unser Haus einfach schließen.«

Amer lässt sich auf der stuhlhohen Mauer nieder, die die Veranda umgibt, und nickt. Doch er hört nicht darauf, was Marie, Tariq und Jamal jetzt besprechen. Jamals Vermutungen lassen ihm keine Ruhe. Will Maya ihn wirklich nur aushorchen?

»Hallo.« Sabreen steht plötzlich vor ihnen. Nicht mal das übliche Quietschen der Haustür hat Amer gehört.

»Ich muss nach Hause«, sagt er, ohne sie zu begrüßen. »Weg.«

An der Telefonsäule vor Issams Haus kramt Amer wieder den Zettel mit Mayas Nummer hervor. Er tippt sie und schaut auf Issams Hütte, eine Mischung aus Container und Märchenschloss. Kletterpflanzen haben die winzigen Fenster zugewuchert. Es knackt in der Leitung – dann noch mal.

»Maya!? Hallo.«

Amer hört laute Musik. Hebräischer Pop – ein Imitat von Britney Spears singt von Sehnsucht.

»Amer? Bist du es? Warte einen Moment.«

Die Musik wird leiser.

»Kannst du vor den andern nicht mit mir reden?«, fragt er. »Bin ich dir peinlich?«

»Was? Welche andern? Wovon sprichst du?«

»Warum gehst du aus dem Zimmer, wenn ich anrufe?«

»Ich bin nicht aus dem Zimmer gegangen. Ich sitze an meinem Computer, weil ich ein paar Mails schreiben will.«

»Und die Musik?«

»Die hab ich runtergedreht. Aber ich bin nicht aus dem Zimmer gegangen, um mit dir zu telefonieren. Wie kommst du auf so was?«

»Entschuldige.«

»Schon okay, Amer. Was ist dir denn über die Leber gelaufen?«

»Woher hattest du meine Adresse?«

»Von Marie Glasner. Du hattest doch vom Waisenhaus erzählt. Es war kein Problem, die Nummer übers Internet rauszukriegen.«

Vor Issams Haus hält ein Siebener-BMW. Ein breitschultriger Typ mit einer Goldkette geht durch den winzigen, verwilderten Streifen, der sich Vorgarten nennt, und klingelt. Issam öffnet. Die beiden diskutieren, und der Typ geht wieder zum Wagen und holt Kisten aus dem Kofferraum – zwei Stück. Sie scheinen schwer. Schekel wandern von Issams Hand in die des BMW-Fahrers.

»Also, was ist los mit dir, Amer? Willst du mich verhören?«

»Nein, natürlich nicht...« Er stockt, etwas durcheinander wegen der Szene vor Issams Haus.

»Sag doch was, Amer. Ich kann nicht so lange telefonieren. Mein Vater sieht das nicht gern.«

»Warum?«

»Weil ich ihm vergangenen Monat zwei Karten fürs

Handy abgeschwatzt hab und versprechen musste, dass ich nicht den ganzen Tag am Handy hänge.«

»Können wir uns noch mal sehen?«, fragt Amer.

»Gleiche Stelle?«

Die beiden verabreden sich für Montag. Heute geht es nicht mehr, der Schabbat beginnt am Abend und dauert bis Samstagabend. Am höchsten jüdischen Wochentag läuft gar nichts. Und am Sonntag muss Amer mit seinen Eltern und seinem Opa, der sich angesagt hat, zur Kirche. Also bleibt nur der Montagnachmittag, wenn Maya aus der Schule kommt.

Issam verschwindet im Haus und der BMW-Fahrer gibt Gas. Die Staubwolke hüllt Issams Vorgarten ein und überzieht die wenigen wilden Blumen mit einer dünnen braunen Schicht.

7.

Die Uhr tickt langsamer. Sekunden dauern Stunden. Ein Tag ist eine Ewigkeit. Von Abend zu Abend. Schabbat. Kein Feuer entzündet, kein Feuer gelöscht, kein Radio, der Fernseher aus, kein Zündschlüssel dreht sich im Schloss, kein Stromkreis schließt sich, kein Bus im jüdischen Viertel unterwegs, selbst die Fingernägel und Haare wachsen ungeschnitten an diesem Tag. Schabbat. Ruhetag. Gott ruhte am siebten Tage und heiligte ihn. Gebete bewegen Münder, Hände dürfen heute nicht schaffen. Während also Jamal im Waisenhaus das Licht anschaltet und Amer in seinen Gedanken noch dem Telefonat mit Maya nachhängt, beginnt überall in Israel der Schabbat, wenn auch die meisten Familien ihn nicht mehr so feiern wie früher, als das Leben komplett in den Leerlauf schaltete.

Amer ist mittags kurz daheim gewesen. Jetzt ist er wieder im Waisenhaus und sagt: »Was ist eigentlich bei Issam los, Jamal? Da kam heute ein merkwürdiger Typ in einem dicken BMW angerauscht. Hab's zufällig gesehen.«

»Red nicht von Issam. Er ist gottlos. Er soll sich gefälligst aus El-Azariya verziehen. Er hat hier nichts mehr zu suchen.«

Jamal ist hart. Noch immer sitzen alle auf der Veranda.

Marie ist zwischendurch in die Küche verschwunden, um Mittagessen zu kochen, jetzt bereitet sie das Abendbrot vor.

»Irgendjemand hat jedenfalls heute Mittag Kisten zu ihm ins Haus geschleppt.«

»Issam handelt neuerdings mit Alkohol«, sagt Jamal. »Er hat den Teufel ins Dorf geholt. Allah verbietet Wein.«

»Aber du hast doch selbst schon Alkohol getrunken.«

»Mag sein. Es ändert sich alles. Und Wein habe ich noch nie getrunken.«

Maya denkt an Amer. Was er wohl an diesem Freitagabend macht? Sie selbst geht mit ihren Eltern zur Synagoge. Die liegt gleich in der Nähe, im Bezirk Bet Ha-kerem – dem Westteil der Stadt –, wo sie auch wohnen. Auf dem Weg redet Mayas Bruder Izik vom Krieg und findet kein Ende: »Wir haben einen durchgeknallten Palästinenser festgenommen, der sich töten wollte. Ansonsten ist es ruhig in der Siedlung, sieht man mal von dieser ständigen Handytelefoniererei ab. Ich glaube, die meisten Mädchen in der Armee verquatschen ihren ganzen Sold.« Bei diesen Worten sieht er Maya schelmisch aus seinen großen braunen Augen an. Mayas Bruder hat ein besonderes Lächeln, eines, das von den Augenwinkeln über die Lachfalten bis zum Kinngrübchen zu rutschen scheint, ein stilles, freundliches Lächeln wie seine Schwester.

»Sie wollen den Kontakt nach Hause halten«, sagt sein Vater. »Es gibt ihnen Sicherheit, wenn sie wissen, dass sie nicht allein sind.«

»Ich bin nicht allein, sondern Soldat.«

»Nicht alle denken so, Izik.«

Früher kannte Maya ihren Bruder friedliebend, inzwischen scheint er den Krieg zu mögen, sich in der grünen Uniform und unter seinem Helm wohlzufühlen. Darüber kann auch sein Lächeln jetzt nicht hinwegtäuschen.

»Ich würde kurzen Prozess machen mit den Palis. Weg sollen sie. Von mir aus können die Moslems im Libanon oder sonst wo bleiben. Zuerst haben sie uns ihr Land verkauft, dann das Geld in Ägypten verhurt und nun wollen sie alles zurück. Aber was sag ich? Es sind ja ohnehin nicht mehr viele. Den Rest kriegen wir auch noch raus.«

»Nicht alle sind Moslems und schon gar nicht Terroristen«, sagt Maya, die sich eigentlich nicht einmischen wollte, da sie Angst hat, das Gespräch könnte noch mal auf das Thema Handy kommen.

»Die paar Christen kannst du vergessen, Maya. Die passen sowieso besser zu den andern. Die haben uns immer verfolgt, und wenn es hart auf hart kommt, stehen sie auf palästinensischer Seite. Glaub's mir.«

»Jetzt reicht es aber, Izik. Wir sind gleich da. Rabbi…«

»Nein«, sagt Izik zu seinem Vater. »Wir sollten immer und überall über dieses Thema reden, umso schneller ist es vom Tisch.«

»Deine Mutter hat den ganzen Mittwoch und Donnerstag den Schabbat vorbereitet, da könntest du zumindest etwas friedlicher sein, Izik. Lass uns heute und morgen unseren Frieden. Am Sonntag bist du schon wieder fort.«

An normalen Wochentagen geht es hier an der Ecke hoch her, Verkehr ohne Ende, doch heute ist es still. Weder Busse noch Taxis dürfen fahren.

»Was ist eigentlich mit Omar?«

»Weiß nicht, Amer. Der ist wieder bei seinen Kumpels.«

»Welchen Kumpels?«, fragt Amer.

»Na, Husam und Khalil vom Computerladen.«

»Was haben die miteinander?«

Jamal zuckt mit den Schultern, und Tariq sagt: »Die waren schon immer ein bisschen komisch. Kennen sich aus der Koranschule.« Dann geht er ins Haus. »Ist das Essen bald fertig!?«, ruft er Marie in der Küche zu, und Jamal erklärt: »Ich muss mich waschen und beten.«

Maya langweilt sich.

Kaum haben sie den Rabbi begrüßt, kaum hat ihr Bruder seinem alten Schulfreund Nathan Sauder und dessen Vater die Hand gegeben, da reden sie kurz vor dem Eintritt in die Synagoge schon wieder vom Krieg. Nathan ist fast so blind wie ein Maulwurf und darf nicht zur Armee.

»CNN werden wir jedenfalls nicht mehr einschalten.«

Nathan ist sauer auf den US-Nachrichtensender, weil die Reporter auch über ein mögliches Massaker in Dschenin spekulieren.

»Die saugen sich das doch alles aus den Fingern. Die Araber nehmen in Dschenin ihre eigenen Frauen und Kinder als Schutzschilde. So sieht die Wahrheit aus«, regt sich Izik auf. »Ich find es richtig, dass im Radio dazu aufgerufen wird, nicht mehr CNN zu sehen. Es schadet, sich diese Lügen anzuhören. Ich verstehe nicht, was in die US-Regierung gefahren ist, dass sie solche Dummheiten verbreiten lässt.«

Nathan nickt zustimmend.

»Diese Moslems sind clever. Bauernschlau sind die. Erinnere dich nur mal, wie sie damals von Beth Dschala aus unsere Siedlung Gilo beschossen haben. Die wussten genau, dass wir zurückschlagen würden.«

»Ja und?«

»Denk doch mal nach. In Beth Dschala wohnen haufenweise Christen. Als wir uns gewehrt haben, mussten deren Häuser natürlich mit dran glauben, und prompt regten sich – wie vorherzusehen – die Christen in den USA auf. Das haben die islamischen Palis geschickt eingefädelt. Die hätten auch andere Viertel Jerusalems von Dörfern aus, in denen kaum Christen leben, beschießen können. Dann hätte sich keiner aufgeregt.«

Die Väter und Mütter schweigen, als Izik erneut erklärt: »Weg müssen die Palästinenser, einfach weg, dann hat dieser ganze Albtraum ein Ende.«

Maya sieht ihren Bruder voller Verachtung an, als sie die Synagoge betreten.

»Was hast du?«, zischelt er. »Du müsstest mal sehen, was da draußen los ist. Du hast ja keine Ahnung.«

»Angeber. Gewehre machen Menschen groß und manche großkotzig und dumm. Ich frag mich, warum du keine Gebetsriemen über der Uniform trägst. Das würde zu dir passen.«

»Sei still«, raunt Mayas Mutter und blickt ihre Tochter strafend an.

Zum Gebet tragen an Wochentagen zwischen Sonntag und Freitag manche Juden Gebetsriemen, eine Art Ledergurt mit einer kleinen Kapsel, in der sich Bibelverse befinden. Eine Kapsel wird am Kopf und die andere am Oberarm, in der Nähe des Herzens, getragen. Damit soll symbolisiert werden, dass Gottes Lehren die Gedanken und Gefühle des Trägers beherrschen.

»Aber mit diesem Kriegsgelaber kann Izik bei seinen Soldaten bleiben. Ich will davon nichts hören. Warum sagst du eigentlich überhaupt nichts dazu, Mama? Du bist doch auch gegen den Krieg!«

»Ich auch«, sagt Izik. »Die Palästinenser lassen uns nur keine Wahl.«

»Trotzdem soll man nicht töten. Oder glaubst du etwa nicht an die Gebote?«

»Ach, halt die Klappe.«

Maya ist überzeugt: Ihr Bruder will keinen Frieden. Sie weiß nicht, was in ihn gefahren ist. Die Armee scheint ihn völlig in ihren Bann gezogen zu haben, so als sei er plötzlich irgendein Sektenmitglied. Eines steht jetzt schon fest für Maya. Sie selber wird nicht zur Armee gehen, komme was wolle. Sie wird sich nächstes Jahr weigern ...

Plötzlich zerreißt ein Knall die Luft. Die Menschen zucken zusammen, einige ducken sich. Die Explosion einer Bombe, darüber sind sich alle vor der Synagoge einig. Sie muss irgendwo ganz in der Nähe in die Luft gegangen sein.

»Was ist passiert?«, fragt Maya.

Ihr Bruder zuckt mit den Schultern. »Was weiß ich? Vermutlich wieder so ein irrer Palästinenser. Aber du hältst ja noch zu diesen Typen.«

Bevor Maya, Izik und die andern Juden vor der Synagoge wissen, wo sich die Explosion ereignet hat, klingeln schon in den Redaktionen der TV- und Radiosender, der Zeitungen und Agenturen die Telefone, beginnt der Wettlauf der Reporter um die News, die eigentlich schon keine mehr sind, da die Anschläge Teil des Alltags sind. Doch das Geschäft mit den Bildern aus Israel blüht noch immer. Als die Reporter an Ort und Stelle sind, gleich in der Nähe vom Busbahnhof, wo sich das palästinensische Mädchen in die Luft gesprengt und zwei israelische Kinder mit in den Tod gerissen hat, machen sich auch die religiösen jüdischen Männer auf, um so schnell wie möglich am Tatort zu sein. Und auch Izik und die ganze Familie Fleischmann streben dorthin, wo die Explosion stattgefunden hat.

»Es hat wieder geknallt!«, ruft Jamal von oben. »In Westjerusalem – zwei tote Israelis.«

Der libanesische Fernsehsender zeigt die ersten Bilder und blendet die Statistik ein. 1328 : 458, will heißen 1328 Palästinenser sind seit Beginn der 2. Intifada gestorben und 458 Israelis. Die Totenstatistik der 1. Intifada sah anders aus: 27 Palästinenser kamen auf einen toten Israeli. Zynische Fakten, die täglich über den Schirm flimmern.

Der Reporter des libanesischen Hamas-Senders spricht von einer Märtyrerin, und sie wissen auch schon, wer das Mädchen war – eine aufrechte, gläubige Muslima, der die Israelis alles genommen haben, nur nicht ihr Herz und ihren Mut für Palästina und die gute Sache. Amer findet den Sender unerträglich. Propaganda. Zu sagen traut er es sich nicht. Bilder von Leichenteilen im Lichtschein der Halogenlampen der israelischen Polizei, überall Blut, die Türen der Rettungswagen weit geöffnet, Körper und Fetzen von Körpern. Blaulicht, Abtransport und ein neuer Krankenwagen.

Was Amer nicht ahnt: Maya steht genau in diesem Moment am Tatort, beobachtet, wie Sicherheitsbeamte nach weiteren Bomben suchen, sieht, wie das Licht der Rettungs- und Polizeiwagen die Straße in kaltes Blau tunkt, hört, wie die Mutter der beiden toten jüdischen Kinder schreit. Eines der Kinder trug wohl eine Kinder-Kippa. Die Mutter hält sie jetzt jedenfalls in der Hand. Darauf zu sehen ist die Arche Noah, in der Elefant, Löwe und Giraffe sitzen – sie lächeln. Mayas Bruder hat früher auch mal so eine Kippa mit dem Arche-Motiv gehabt, mit den Tieren und dem Meer, mit Regenbogen und Friedenstaube. Die Mutter des toten Jungen hält sich die Kippa vors Gesicht und schluchzt. Sie steht in einer Traube von Helfern, die ihr nicht helfen können, sackt weg, schlägt mit dem Schädel auf den Asphalt. Dann ist Ruhe. Die Sirene des Rettungswagens, der gerade um die Straßenecke gebogen ist, verhallt. Die Mutter wird leiser, die Stimmen um sie herum werden lauter. Zwei Schäferhunde schnüffeln nach Spengstoff, Mayas Augen glänzen im Blaulicht.

Das alles sieht auch Jamal nicht. Der Hamas-Sender spielt Bilder von Dschenin ein, spricht von Massaker und neuen Entdeckungen. Nur die eigenen Opfer interessieren, nur das eigene Schicksal hat Gewicht.

»Ich will nach Hause«, sagt Amer. »Es ist spät.«

»Bleib doch noch. Wir gehen gleich mit Tariq zu Omar. Wir besuchen einfach mal seine Freunde«, sagt Jamal.

»Ich bin müde.«

»Belüg mich nicht. Du willst deine Jüdin treffen.«

»Ich will, aber ich kann nicht. Heute ist Schabbat.«

»Und wann wirst du sie sehen?«

»Weiß nicht.«

Später werden die religiösen Männer zur Stelle des Attentats kommen und den Tatort absuchen, die ganze Gegend um den Busbahnhof durchstreifen, jedes abgerissene Stück Mensch einsammeln, damit die toten jüdischen Kinder in Würde begraben werden können. Kleine Fetzen Fleisch und Knochen hängen zwischen den Platten auf dem Gehweg, an den Schaufensterscheiben, an der Regenrinne, in der Gosse, an dem Werbeplakat für Zahncreme. Die Sprengladung war gespickt mit Schrauben, Stahlsplittern und Nägeln, sie hat alles auseinandergerissen. Maya geht das Bild der Mutter nicht mehr aus dem Kopf, wie sie sich auf den Boden warf und schrie. Jetzt ist sie abtransportiert worden, ihre Kinder sind tot, und Maya steht mit ihren Eltern wieder zu Hause vor der Wohnungstür.

»Sie werden uns nicht in Ruhe lassen, nie. Die Hamas-Leute werden Israel niemals akzeptieren. Wir müssen sie wegschaffen, sonst töten sie uns alle.«

»Mag sein, Junge.«

Maya sieht ihrer Mutter zu, wie sie etwas in ihrer Handtasche sucht.

»Was hast du, Mama?«

»Nichts«, sagt sie. »Ich kann nur den Schlüssel nicht finden. Er muss doch in meiner Jackentasche sein.«

»Du bist ja ganz blass, Mama«, sagt Izik und fängt seine Mutter auf. Sie weint und murmelt: »Pass auf dich auf, Izik. Bitte, pass auf dich auf.«

Es ist Abend, als Amer nach Hause kommt.

»Ich geh schlafen«, sagt er und geht in sein Zimmer. Dort wartet er, bis seine Eltern im Bett liegen. Dann schleicht er sich wieder hinaus und geht zum Computerladen. Alles scheint still zu sein.

Die Hauptstraße von El-Azariya ist dunkel, die wenigen Laternen, die noch nicht kaputt sind, werden oft abgeschaltet. Nur der Checkpoint liegt in dämmrigem Licht. Die Soldaten haben vor ihrem Unterstand eine Lampe, die mit ihrem breiten Blechschirm und der dicken Birne aussieht wie eine der Lampen, die bei Verhören eingesetzt werden. Bethanien ist friedlich und schläft. Amer sieht in den Laden, nichts Auffälliges. Vermutlich sind Jamal und Tariq einfach zu Bett gegangen. Er schleicht ums Haus und tatsächlich: Omar und Khalil sitzen allein zwischen den Computern, von denen noch drei laufen, und diskutieren aufgeregt. Die beiden hocken vor einem Plan. Amer geht näher ans Fenster, duckt sich und hockt sich darunter. Von drinnen hört er Khalils Stimme: »Wir müssen die Aktion bald durchziehen, Omar.«

Omar: »Das läuft nicht. Mein Onkel kommt nicht aus Bethlehem raus.«

Khalil: »Deinen Onkel brauchen wir nicht. Er bleibt vorerst in Bethlehem. Es ist im Moment zu gefährlich, mit dem Sprengstoff durchs Land zu reisen. Wenn die Israelis ihn erwischen, werden sie ihn foltern, und er wird uns verraten.«

Omar: »Er wird uns niemals verraten.«

Khalil: »Das Risiko ist mir zu hoch.«

Omar: »Woher sollen wir dann das TNT kriegen?«

Khalil: »Das lass mal meine Sorge sein. Übermorgen hab ich es.«

Omar: »Warum die Eile?«

Khalil: »Wegen der Mauer. Wer weiß, wie viele Panzer und Bulldozer die Israelis auffahren, wenn sie hier mit der Mauer anfangen. Dann ist unsere ganze Aktion geplatzt.«

Omar: »Vielleicht wird die Mauer ja gar nicht gebaut.«

Khalil: »Wovon träumst du eigentlich nachts, Omar? Manchmal bist du einfach zu dämlich. Natürlich bauen sie die Mauer. Sie werden aus jedem Dorf einen Knast machen und darin sollen wir verschimmeln.« Khalils Stimme braust auf.

Omar: »Und was machen wir jetzt?«

Khalil: »Gib Jamal Bescheid. Er muss sich bereithalten. Wir brauchen einen, der den Wagen fährt.«

Omar: »Was für einen Wagen hast du?«

Khalil: »Toyota-Bus, Automatik – kinderleicht. Alles muss jetzt schnell gehen. Jamals Stunde ist gekommen … Hast du kapiert, Omar? Was ist los?«

Omar druckst rum: »Bis jetzt war immer klar, dass mein Onkel jemanden aus Bethlehem mitbringt, der die Aktion ausführt.«

Khalil: »Soll das heißen, du hast Jamal noch gar nicht gefragt?!«

Omar: »Je mehr von der Sache wissen, desto gefährlicher ist es. Das hast du selbst gesagt, Khalil.«

Kurze Zeit ist es ruhig.

Khalil: »Du denkst mit. Aber du sollst nicht denken, Omar. Das weißt du doch.«

Omar: »Ich …«

Khalil schreit ihn an. Seine Stimme wird schrill: »Du sollst tun, was ich dir sage! Oder willst du mich für blöd verkaufen?! Wenn Jamal nicht mitspielt, dann wirst du den Bus fahren! Höchstselber!«

Omar: »Aber …«

Khalil: »Was aber. Wir sind hier nicht bei der Hamas. Wir sind Dschihads. Wir kommen nicht erst ins Trainingscamp, wir sind heilige Krieger. Ist das klar!«

Omar: »Ist ja gut, Khalil …«

Khalil: »Nichts ist gut.«

Omar: »Ich kenne doch Jamals Antwort. Er ist bereit. Sein Cousin war auch bereit.«

Wieder Stille.

Khalil: »Egal … Entweder macht Jamal mit oder du fährst

den Wagen… Kapiert?… Ich habe dich gefragt, ob du das kapiert hast!«

Omar: »Ja.«

Khalil. »Gut. Aber da ist noch eine andere Geschichte.«

Omar: »Was denn?«

Khalil: »Hast du die Materialliste gemailt?«

Omar: »Ich wollte…«

Khalil: »Sprich nicht weiter, Omar. Das heißt, du hast es nicht geschafft. Und weißt du, woher ich das weiß?«

Kein Wort. Draußen ist es kühl und still. Amer friert an den Armen, und er spürt, wie sich die kleinen Steinchen auf dem Boden langsam durch seine Jeans in die Haut bohren. Nur das Zirpen der Grillen ist zu hören.

Dann sagt Khalil mit gedämpfter Stimme, sodass Amer es kaum hören kann: »Von Amer weiß ich das.«

Omar: »Was hat der denn damit zu tun?«

Khalil: »Er hat gesagt, dass diese Marie dich angetroffen hat, als du gerade am Computer etwas machen wolltest.«

Omar: »Warum war Amer denn überhaupt hier?«

Khalil: »Wegen des Computers aus dem Waisenhaus. Das Ding hatte einen Fehler.«

An Amer vorbei läuft eine Katze und springt auf einen rostigen Blechkanister, groß wie ein Tisch. Früher wurde in dem Kanister Benzin gelagert. Das Blech knackt laut und die Katze setzt sich drauf und sieht Amer aus grünen Augen an.

Omar: »Was ist da draußen los?«

Geistesgegenwärtig greift Amer einen Stock neben sich

und schlägt der Katze auf ihren Hintern. Die miaut laut und springt erschrocken auf dem Kanister einen Schritt zur Seite.

Khalil, nun mit betont ruhiger Stimme: »Die Katzen sind läufig. Mach dir nicht gleich bei jedem kleinsten Geräusch in die Hose, Omar. Und lass uns beim Thema bleiben. Also, was ist mit dem Plan?«

Omar: »Ich wollte gerade die CD in den Rechner einlegen, als Marie kam. Sie hat mich erwischt.«

Khalil: »Ich hab dir doch gesagt, du sollst das Material von einem sauberen Rechner aus senden.«

Omar: »Den Waisenhaus-Rechner checken die Israelis nicht.«

Khalil: »Und wenn doch? Dann haben sie gleich Jamal. Meinst du, die sind blöd? Dann wird Maries Haus dichtgemacht und jeder, der auch nur entfernt damit zu tun hat, wird verhört – auch du. Ich habe von einem neutralen Rechner gesprochen, Omar, und nicht vom Waisenhaus-Computer. Mit deiner Unachtsamkeit bringst du uns noch alle in den Tod.«

Omar: »Den fürchte ich nicht.«

Khalil: »Das ist gut so. Aber denk daran: Dem Herrn entgeht nichts, nicht das Gewicht eines Stäubchens, weder im Himmel noch hier in Bethanien. Und wenn du Mist baust, dann wirst du nach deinem Tod dafür büßen. Allah wird dich strafen, wenn wir durch dich sterben. Ist das klar?«

Omar: »Verstanden.«

Khalil: »Die Liste gibst du jetzt Husams Vater. Er wird

einen Computer finden, von dem aus man sie mailen kann, ohne dass die Israelis uns erwischen.«

Omar: »Vielleicht sollten wir …«

Khalil: »Lass gut sein, Omar. Übergib die Sache einfach Husams Vater.«

Omar: »Ist in Ordnung.«

Khalil: »Und du redest mit Jamal, klar? Mach jetzt keinen Mist mehr.« Nach einer kurzen Pause fragt Khalil: »Wie läuft es eigentlich mit deinem neuen Zuhause? Bist du gern bei Husam und seinen Eltern?«

Omar: »Husam und ich sind Freunde.«

Khalil: »Ich vertraue euch. Ihr werdet noch viele Dschihads finden, die mit uns sind, viele.«

Plötzlich scheppert es wieder neben Amer. Die Katze ist von der Blechkiste heruntergesprungen. Amer erschrickt. Dann hört er, wie über ihm jemand von drinnen am Fenster ruckelt.

Als Omar es endlich ganz geöffnet hat und hinaussieht, ist Amer schon weg. Fünf Meter weiter reibt er sich hinter der Hausecke die Steinchen und den Staub aus den Knien der Jeans.

Als er nach Hause kommt, ist es still in der Wohnung. Seine Eltern liegen im Bett. Von oben sieht Amer noch einmal hinunter auf die Straße. Amers Kopf ist leer, und die Soldaten am Checkpoint sitzen auf ihren Hockern, als ob sie jeden Moment eindösen würden.

8.

Am Tag nach dem Anschlag am Busbahnhof in Jerusalem bezog das Militär vor dem kleinen Ort Tubas Stellung. Auf allen Kanälen kamen Informationen zum Attentat und zur Attentäterin Nour Sadeeh.

Amer quälte derweil aber ein anderes Problem: Das Gespräch zwischen Khalil und Omar ging ihm nicht mehr aus dem Kopf. Am liebsten hätte er mit seinen Eltern darüber geredet. Doch sein Vater würde ihm nicht nur jeden Umgang mit Omar, Khalil, Jamal und allen Freunden verbieten, sondern sich womöglich auch noch in die Geschichte einmischen. Und dann wäre George als möglicher Verräter in Gefahr. Nein. Amer musste alles für sich behalten. Selbst Jamal konnte er nicht drauf ansprechen.

Gestern, am Sonntag, ist Amer mit seinen Eltern und Opa in der Lazaruskirche beim Gottesdienst gewesen. Sein Opa kommt aus Nablus und ist noch nicht arbeitslos. Trotz seiner 64 Jahre hilft er in einer Heiligenfiguren-Fabrik bei Tel Aviv aus, die allerdings zurzeit Kurzarbeit hat und vermutlich bald schließen wird.

Während der Pfarrer und seine Gemeinde von einem friedlichen Zusammenleben der Christen, Juden und Moslems träumen, stürmt die israelische Armee Tubas, eine kleine palästinensische Siedlung im Norden der Westbank.

Die Bewohner des Hauses an der Hauptstraße 14 werden verhaftet: die achtköpfige Familie Saadeh. Kein Widerstand. Ein Bagger rückt an und seine Abrissbirne durchschlägt die Mauern ihres Hauses wie Pappe. Das Gebäude stürzt ein. Kein Widerstand.

Palästinenser weinen.

Israelische Soldaten fühlen sich unwohl.

Der Nachrichtensprecher bei CNN spricht von Vergeltung für das Attentat, der Nachrichtensprecher von Al Manar, was so viel wie Erleuchtung heißt, von einem Unrecht der Israelis. Die Saadehs zeigen vor laufender Kamera Verzweiflung, andere schwören im Geheimen Rache. Neue Gesichter, doch die alten immer gleichen Geschichten, die gleichen Rituale wie nach jedem Anschlag: Vergeltung – Anschlag – Vergeltung – Anschlag – Vergeltung. Amer und sein Vater kreuzen die Arme vor der Brust und legen – gerade als das Haus fällt – die überkreuzten Hände zum Gebet auf die Schultern. Die Katholiken in der Lazaruskirche falten nicht die Hände, sie verschränken die Arme zur Form einer Brezel, und der Pfarrer spricht von Hoffnung: »Wie Lazarus damals von Jesus hier an diesem Ort wieder zum Leben erweckt, sein Blut wieder in seinen Adern lebendig wurde, so wird auch der Frieden zurückkehren in dieses Land.«

Das war gestern.

Und nun das. Es ist Montag, und eigentlich versucht Amer seit Tagen zum ersten Mal wieder, seine Gedanken auf etwas Positives zu lenken, auf sein Treffen mit Maya am Nachmittag. Da ruft Tariq an. Seine Stimme klingt hektisch. Er ist erregt: »Marie sitzt am Checkpoint fest.« Im Hintergrund hört Amer zwei Araber. Sie diskutieren heftig miteinander und Tariqs Stimme zittert jetzt. »Sag mir bitte, was am Checkpoint los ist. Du musst doch Marie und ihren Wagen sehen.«

Amer geht zum Fenster. Da unten ist die übliche Schlange. Maries Kombi steht am Kontrollpunkt. Ein Soldat hält ihr das Gewehr vor die Brust.

»Die nehmen Maries Wagen auseinander«, beschreibt er Tariq die Szene.

»Oh, Allah.«

»Wo bist du überhaupt, Tariq?«

»Ich war mit Marie unterwegs nach Jerusalem, einen Freund besuchen. Von dort wollten wir zu Ibrahims Beerdigung.«

»Ist doch viel zu gefährlich.«

»Darüber können wir später reden, Amer. Ich hab noch mal Glück gehabt. Ich konnte abhauen. Steh jetzt an der Telefonsäule bei Mustafa. Hier können mich die Soldaten nicht sehen, aber ich seh auch nichts.« Ende des Gesprächs.

Amer will gerade zur Tür, da klingelt das Telefon wieder: »Komm sofort zum Checkpoint«, kommandiert Jamal. »Sie halten Marie fest.«

»Ich weiß. Tariq hat angerufen.«

»Dann bis gleich.«

Ehe Jamal auflegen kann, sagt Amer: »Jamal…«, und stockt.

»Was gibt's noch?«, fragt Jamal.

Für eine Sekunde will Amer fragen, ob Omar mit ihm

wegen des Attentats gesprochen hat. Doch er sagt nur: »Nichts. Schon okay.« Und legt auf.

Amers Vater nähert sich vom Schlafzimmer: »Was ist los?«

Amer erzählt ihm von Marie am Checkpoint. Am Ende sagt sein Vater kategorisch: »Nein.«

»Wie nein? Was meinst du damit?«

»Du wirst da nicht hingehen. Du wirst schön hier bleiben. Es ist nicht deine Sache.«

»Die halten da unten Marie fest.«

»Mag sein, aber du wirst nicht wegen deiner Waisenhausfreunde den Kopf riskieren.«

»Es geht um Marie.«

Jetzt erwacht auch sein Opa Lukas. Er hat die ganze Zeit auf der Couch gelegen – zwei Schritte vom Telefon und von Amer entfernt. Sein Gebiss ruht in einem Glas. Zahnlos fragt er: »Was ist denn mit dieser Marie?« Er schaut auf die Uhr: zehn nach zehn.

»Amer will sich unglücklich machen.«

»Jetzt lass den Blödsinn, Vater. Ich muss da runter. Was ist, wenn sie Marie was tun?«

»Spielst du dann den Helden, oder wie? Du kannst nicht helfen.«

»Es sind seine Freunde, George«, beschwichtigt Lukas und lässt sein Gebiss in den Mund schlüpfen. Amer und George sehen ihm verdutzt zu, wie es ihm ganz leicht in den Mund gleitet. Lukas beißt noch mal die Kiefer fest aufeinander, dann sagt er: »Es ist natürlich deine Entscheidung, ob du deinen Sohn davon abhalten willst, ihnen zu helfen.«

Amer ist überrascht. Sonst steht Lukas immer auf Georges Seite, der jetzt schweigend überlegt.

»Marie ist doch Protestantin?«, fragt Lukas, während er sich aufrecht hinsetzt und zu den Socken am Couchende greift.

Amer nickt.

»Sollen sie auch noch uns Christen einschüchtern, George?«

Der schweigt immer noch, obwohl Lukas ihn schon vorwurfsvoll ansieht. Amers Vater lehnt im Unterhemd im Türrahmen, trägt Socken, die er auch nachts anbehält, seine wenigen Haare stehen zu Berge. Der Fernseher läuft – tonlos. Opa Lukas hat ihn gestern nur leise gedreht, nicht ausgeschaltet. Er braucht diese Endlosschleife an Bildern, um einschlafen zu können. 300 Sender empfängt die Schüssel.

Neue Bilder aus Dschenin.

»Seht mal«, sagt Lukas, und die Gürtelschnalle klappert, als er die Hose anzieht. Er greift nach der Fernbedienung und stellt lauter. Statt von Tausenden Leichen ist nur noch von hundert die Rede. »Israelische Propaganda ist das. Nichts als Propaganda. Lass uns Nachrichten gucken und den Jungen ziehen, George.«

»Dann geh. Aber pass auf dich auf.«

Am Checkpoint herrscht Aufregung. Die Soldaten führen Marie hinter eine Schutzwand und diskutieren laut mit ihr, während ein dritter Soldat den Wagen weiter untersucht, das Reserverad herausnimmt, Radkappen löst und nun unter den Escort kriecht.

»Was machst du da, du Idiot!«, ruft einer der Palästinenser, die sich am Checkpoint versammelt haben. Sie alle kennen Marie.

Ein weiterer Soldat springt hinter dem Panzer hervor und geht mit seinem Gewehr auf die Menge zu. »Ruhe!«

Amer läuft hin, viele Neugierige auch. »Lasst Marie frei!«, schreit er. Der Soldat kann nicht sehen, wer gerufen hat, denn jetzt rufen alle: »Lasst Marie frei!« Zwei Matronen mit schwarzen Kopftüchern drängen sich vor die Gewehrmündung des Soldaten.

»Was soll das?«, brüllt er. »Zurück. Es wird nichts passieren, wenn ihr still seid.«

»Lasst mich in Frieden! Ihr habt die Falsche!« Das ist Maries Stimme. Sie dringt hinter der Betonwand vor wie ein Aufruf zum Aufstand. »Grünschnäbel. Lasst mich in Frieden, sonst...!«

Ehe die Menge in Aufruhr gerät, erscheint Marie wieder, eskortiert von zwei Soldaten. Der Soldat, der eben noch unter dem Wagen lag, schüttelt den Kopf: »Nichts. Scheint sauber, die Kiste.«

»Ihr werdet noch sehen, was ihr davon habt!«, droht Marie. Bevor der Soldat ihr den Ausweis aushändigen kann, schnappt sie schon danach und sagt: »Der Regen, der auf euch fällt, wird aus Steinen sein!« Als sie in den Wagen steigt, trifft ein faustgroßer Stein den Soldaten, trifft seine schusssichere Weste. Marie gibt Gas. Ein zweiter Stein, dann schießt einer der Soldaten panisch in die Luft. Amer wirft auch einen Stein und rennt dann wie die Übrigen weg. Wieder ein Schuss. Diesmal nicht in die Luft, sondern auf einen der Wagen in der Schlange. Niemand wird verletzt und Marie ist fort.

»Wo ist Tariq?« Jamal und Amer treffen sich am Computerladen.

»Weiß nicht.«

»Ich aber«, sagt Khalil, der vom Laden aus zugesehen hat. Er steht ruhig vor dem Geschäft auf der Straße und hat die Hände tief in den Hosentaschen vergraben. Ihm ist kalt. »Da vorn ist Tariq. Er läuft zu uns rüber.«

»Warum haben sie Marie aufgehalten?«, ruft Jamal Tariq fragend entgegen.

Tariq zuckt mit den Schultern. »Vermutlich wussten sie nicht, wer sie ist.«

»Oder sie wissen, dass es mein Cousin war, der sich in die Luft gesprengt hat, und dass ich bei Marie lebe.«

»Jetzt übertreib nicht, Jamal. Nimm dich nicht immer so wichtig«, sagt Khalil und grinst breit. »Du solltest nicht nur quatschen, sondern was tun.«

Amer lacht, da Khalil ihm aus der Seele spricht. Aber augenblicklich bleibt ihm sein Lachen im Hals stecken.

»Irgendeinen Grund müssen sie jedenfalls gehabt haben. Sonst hätten sie Marie sicher nicht durchsucht«, sagt Tariq, der vermitteln möchte.

»Wenn das nicht mal alles mit Amers Flamme zusammenhängt«, meint Jamal.

»Wieso?«, fragt Khalil.

»Na, der steht nämlich neuerdings auf Jüdinnen.«

»Halt die Klappe!«, schreit Amer. »Ich mach mir Sorgen um dich und du erzählst hier so eine Scheiße.« Amer ist außer sich vor Wut. »Im Gegensatz zu dir habe ich keinen Idioten in der Familie, der sich umbringt!« Am liebsten würde ihm Amer ins Gesicht schmettern, was er weiß.

Aber ehe er noch etwas sagen kann, braust Jamal auf. Hochroter Kopf. Die Brauen dicht zusammengezogen, stürmt er auf seinen Freund zu. Tariq kann ihn gerade noch zurückhalten. »Du feiges Schwein!«, brüllt Jamal. »Mach dir mal lieber Gedanken über dich!« Zwei kleine Jungen, die den Krach mitbekommen, bleiben neugierig stehen, und sofort kanalisiert Jamal seinen Zorn auf sie. »Haut ab! Was glotzt ihr so!« Zu Amer sagt er: »Und du hast die falschen Freunde! Das sag ich dir!«

»Ich weiß nicht, wer hier die falschen Freunde hat!«, schreit Amer zurück. »Ich lass mich jedenfalls nicht ausnutzen!«

Hoffentlich bin ich jetzt nicht zu weit gegangen, schießt es ihm durch den Kopf, und er schweigt. Hoffentlich hat Khalil nicht kapiert, dass ich alles weiß.

Dann sagt Tariq überraschend: »Amer hat recht. Du nervst langsam mit deinem ewigen Gerede von deinem Cousin. Merkst du das nicht.«

»Der ist wenigstens nicht feige gewesen!«, schreit Jamal.

Und Amer entgegnet ihm: »Vielleicht hast du mal drüber nachgedacht, dass es auch feige ist, unschuldige Leute in die Luft zu jagen, nur weil man total blind vor Hass geworden ist!«

»Sei still, Amer«, sagt Tariq und lässt Jamal langsam los. Der glüht immer noch, will auf Amer los und wird sofort wieder von Tariq am Genick gepackt wie eine Katze.

»Wir gehen jetzt alle zurück und überlegen, was geschehen soll. Ist das klar?«, mischt sich Khalil ein.

»Schon gut«, sagt Jamal, dem Tariqs Griff wehtut.

Amer winkt ab. »Nichts für ungut, Jamal.« Zu Tariq und Khalil gewandt, sagt er: »Dieser blöde Spruch über Jamals Freunde war nicht so gemeint.«

»Ist schon gut«, sagt Tariq. »Aber komm doch mit.«

»Ich muss nach Hause. Mein Opa ist noch da und ich soll mich von ihm verabschieden.«

Jamal schweigt.

Als Amers Blick noch einmal auf den Checkpoint fällt, wundert er sich: »Der ist ja dicht.«

»Was hast du denn gedacht, Amer?«, entgegnet ihm Tariq, der gerade mit Jamal in die andere Richtung laufen wollte.

»Na ja«, meint Amer etwas verlegen.

»Der will sicher zu seiner Maya und nun kommt er nicht rüber«, sagt Jamal spöttisch.

Amer fühlt sich ertappt, aber er lässt es sich nicht anmerken. Tatsächlich war die Opa-Verabschiedung nur eine Ausrede, um nicht mehr mit ins Waisenhaus gehen zu müssen. Er will unbedingt pünktlich in Jerusalem am Treffpunkt sein.

»Na, stimmt's, Amer?«

»Du weißt doch ohnehin schon alles. Was soll ich da noch sagen, Jamal? Ich jedenfalls weiß, wer meine Freunde sind.«

»Ich werde mal mit Jamal reden«, sagt Khalil zu Amer. »Der soll sich ein bisschen zusammenreißen.«

Als Amer nach Hause kommt, ist sein Opa gerade im Aufbruch. Eigentlich wollte er zwar erst am Abend los, doch nun hat er es sich anders überlegt. Es ist ein gutes Stück bis Nablus, »und wer weiß, ob ich heute überhaupt noch so weit komme«, sagt er. Bevor er geht, steckt er Amer 150 Shekel zu.

»Nein, Opa, das kann ich nicht annehmen.«

»Nimm schon. Ich habe niemanden sonst, dem ich es schenken könnte.«

»Ich brauche kein Geld.«

»Du wirst es noch brauchen.« Mit diesen Worten legt er die beiden Scheine in Amers Hand und drückt sie zu. »Glaub mir, Junge. Gib sie nicht aus, sondern verwahre sie.«

Als Amer zu seinem Vater hinübersieht, nickt der wohlwollend. Merkwürdig, denkt Amer. Bislang hat ihm sein Opa noch nie Geld geschenkt – außer zur Kommunion und einmal zum Geburtstag. Es ist nicht seine Art, und was soll dieser Spruch, dass Amer es noch brauchen wird?

Zwei Stunden später klingelt das Telefon. Amer liegt auf dem Bett – mit Nike-Shirt und Adidas-Turnschuhen, das Beste, was er hat –, denkt an Omar und Jamal, dann wieder an Maya, sehnt sich nach ihr und wartet darauf, dass die Uhr endlich auf halb eins vorrückt und er sich Richtung Jerusalem aufmachen kann. Er wird sich noch einmal kämmen, noch ein wenig Rasierwasser auflegen und dann losfahren.

Sein Vater klopft an. »Jamal ist am Telefon. Er will dich

sprechen.« George drückt ihm den Hörer in die Hand und geht wieder.

»Was ist los, Jamal?«

»Nichts.«

»Warum rufst du dann an?«

»Bist du immer noch sauer, Amer?«

»Was denkst du denn? Wir beide sind seit zwei Jahren die besten Freunde und nun dieser ganze Stress. Ich hab keine Lust mehr drauf. Ich hänge genauso an Marie wie du.« Als er das sagt, läuft in Amer ein Gedanke Amok: Hat Omar schon mit Jamal über das Attentat geredet?

»Das weiß ich doch. Ich wollte dir nur sagen, dass sie angerufen hat.«

»Wer?«, fragt Amer, der sich nicht mehr so recht auf das Gespräch konzentrieren kann.

»Marie. Sie ist bei Ibrahims Frau. Morgen ist die Beerdigung und ...«

»Na, sag schon.«

»Wir wissen jetzt, warum die Israelis Marie angehalten haben.«

»Warum?«

»Die haben einfach das Handy von Ibrahim gecheckt, nachdem er gestorben ist. Da war natürlich Maries Nummer gespeichert.«

»Klingt logisch. Woher wisst ihr das?«

»Weil es logisch ist«, sagt Jamal. »Khalil vermutet es jedenfalls. Und was machst du heute noch, Amer?«

»Lieg auf dem Bett rum.«

»Willst du nicht vorbeikommen?«

»Morgen vielleicht. Heute will ich meine Ruhe. Hast du übrigens Omar noch mal gesehen?«

»Nein. Der wollte eigentlich eben zum Computerladen kommen. Aber er ist bei Husam zu Hause aufgehalten worden. Warum fragst du?«

»Nur so. Schließlich ist er ja wie vom Erdboden verschluckt.«

9.

Kurze Zeit später ist der Checkpoint wieder geöffnet. Die aufgebrachte Menge hat sich längst verzogen. Und Amer ist mit Maya in Jerusalem unterwegs – auf der Via Dolorosa. Es nieselt wieder, und die Geschichte mit Omar und Jamal hat er, so gut es geht, aus seinen Gedanken gestrichen. Zuerst wollte er Maya davon erzählen, aber dann hat er sich nicht getraut, sondern nur vom Vorfall am Checkpoint berichtet. Amer sieht vor sich die Gasse hinauf. Die hellen glatten Steine spiegeln sich – sie sehen aus wie schmutziger, aber trotzdem glänzender Marmor.

»Glaubst du die Geschichte mit Ibrahim und seinem Handy?«, fragt Maya.

»Weiß nicht. Könnte doch sein, dass Jamal und Khalil recht haben mit ihrer Vermutung.«

»Warum haben die Soldaten dann Marie nicht einfach im Waisenhaus aufgesucht? Das ist unlogisch.«

»Vielleicht weil sie kein Aufsehen erregen wollten? So konnten sie Marie kontrollieren, ohne dass es gleich aussieht, als würden sie Marie unter Verdacht stellen. Schließlich wissen auch die Israelis, wie beliebt Marie bei uns ist.«

»Na ja. Das ist dann aber mächtig schiefgegangen«, sagt Maya und deutet nach vorn.

Amer staunt nicht schlecht über das, was er plötzlich vor

sich sieht: acht betende Südamerikaner. Einer von ihnen trägt ein Kreuz doppelt so hoch wie er selbst. Direkt gegenüber vom Internetcafé fällt der Mann auf die Knie, gleich unter dem weißen Schild mit der roten Aufschrift: 8th Station Via Dolorosa. Angeblich brach genau dort auch Jesus vor 2000 Jahren unter der Last des Kreuzes zusammen – jedenfalls glauben das die Christen in ihren Regenjacken und den dunkelblauen Wasser abweisenden Hüten mit der Aufschrift: *We love Jesus*. Dabei ist sicher, dass der Heiland diesen Weg gar nicht genommen haben kann, weil es die Gasse in dieser Höhe noch gar nicht gab.

Die durchgefrorenen Pilger, die sich nicht vom Krieg haben abschrecken lassen, murmeln Verse. Zwei lesen synchron aus ihren Gebetbüchern vor, die Übrigen sprechen die Sätze nach. Nur eine Frau ist unter ihnen. Sie trägt einen schlichten dunkelgrünen Rock mit braunem Blumenmuster und sieht hinüber ins Internetcafé Freeline, vor dem jetzt Amer und Maya stehen bleiben. Das Café mit seinen neun Computern, Kaffeemaschine und Samowar hat geöffnet. In den Holzkabinen sitzen Jungen und spielen Counterstrike. Die Rechner sind untereinander vernetzt, Polizisten jagen Terroristen. Die Gassen ähneln der Via Dolorosa, in der gerade zwei Soldaten patrouillieren und sich zwischen den Pilgern auf der einen und Amer und Maya auf der andern Seite hindurchschieben.

»Hast du schon mal Counterstrike gespielt?«

»Nein«, sagt Amer.

»Ich schon. Ist ganz gut. Die Palis hier im Café spielen sicher immer die Terroristen.«

»Palis?«

»Ach, mein Bruder sagt das immer. Der ist beim Militär und völlig durchgeknallt. Nimm nicht so ernst, was ich sage.«

Sie sehen durch die Schaufensterscheibe, hören das Gemurmel der Südamerikaner hinter sich und blicken in ihre eigenen beiden Gesichter, die sich im Glas spiegeln.

»Waren deine Haare immer schon so lang oder hast du sie früher kurz getragen?«, fragt Amer. Er ärgert sich sofort über den Spruch. Wie kann er nur so einen Schwachsinn fragen?

»Bis vor Kurzem waren sie sogar polang. Magst du gern lange Haare?«

Amer bejaht. Dabei schaut er ihr direkt in die Augen. Ihre Wimpern sind lang und die Brauen darüber dicht.

Die Pilger hieven ihrem Landsmann das Kreuz wieder auf die Schultern. Er stöhnt, knickt ein von der Last der aneinandergenagelten Balken, die schwer wie Eisenbahnschwellen sind, und schleicht im Nieselregen die Gasse hinauf – gefolgt von einem Geisterzug.

»Ich glaube, ich habe mich …«, setzt Amer mit einem theatralischen Schwingen in der Stimme an.

»Wir müssen weiter zum Treppenabsatz«, unterbricht ihn Maya. »Da, wo wir uns beim letzten Mal getrennt haben. Ich muss dir was zeigen.«

Amer fängt sich sofort wieder und fragt unverfänglich: »Woher kennst du dich eigentlich so gut in Alt-Jerusalem aus?«

»Ich bin früher hier zur Schule gegangen. Meine Großeltern haben eine Wohnung im jüdischen Teil und mein Vater war lange weg. Jedenfalls hab ich als Kind mit meiner Mutter und meinen Brüdern bei Oma und Opa gelebt.«

»Wieso Brüder?«

»Mein richtig großer Bruder hat selbst schon ein Kind. Er lebt in Paris, hat es hier nicht mehr ausgehalten.«

»Was macht dein Vater?«

»Es hört auf zu regnen«, sagt Maya. Sie deutet zum Himmel, der eben noch wie ein Deckel auf der engen Gasse lag und nun blau aufreißt, als wolle er ihr Gespräch mit einem Sonnenstrahl unterbrechen. Dann nimmt sie Amers Hand und drückt ihm einen flüchtigen Kuss auf die Wange. Amer weiß nicht, wie er reagieren soll, sie löst sich und läuft weg, er hinterher, rechts in einen Seiteneingang, in eine noch engere Gasse, die wie ein Tunnel wirkt, dann links, und wieder rennen sie an der Erlöserkirche vorbei, sehen ein paar Kinder, die sich gegenseitig mit Steinen bewerfen und Intifada spielen, biegen in eine der Bazarstraßen, und dort ist auch schon die Eisenleiter, die hinauf auf die Dächer führt.

»Na, komm schon, Amer.«

»Du bist schnell, Maya.«

»Leichtathletik. Ich lauf für unsere Schule bei den 5000-Meter-Läufen mit.«

Amer ist außer Atem. Kein Soldat in Sicht und die beiden steigen die steilen Stufen hinauf aufs Dach der Stadt. In kleinen Pfützen steht hier der Regen und spiegelt den Himmel blau. Einige Dächer mit Ziegeln aus rotem Ton, sonst alle flach, mit Beton, aus Asphalt gegossen oder hell gepflastert, genau wie in den Gassen unten. Jüdische Kinder spielen Fußball, die Jungen tragen schon schwarze Schläfenlocken, schwarze Hüte, die Mädchen weiße Blusen, dunkle Jacken, schwarze Röcke.

»Hier bin ich noch nie gewesen. Man kann ja von einem Dach aufs andere laufen.«

»Der einzige Platz, der den jüdischen Kindern geblieben ist«, sagt Maya. »Hier können sie spielen, ohne viel Angst haben zu müssen.« Sie deutet auf eine Art Vogelhäuschen aus weiß gestrichenem Metall und Glas, das einen Steinwurf entfernt über einem der Dächer thront. Es wirkt wie der stählerne Hochstand eines Försters, dessen Wald die Kirchturmspitzen und Minarette Jerusalems sind. Über zwei rostige Treppen gelangt der israelische Polizist morgens hinauf zu seinem Wachposten und hockt dort den ganzen Tag.

»Der passt auf die Kinder auf«, sagt sie.

»Ist da auch nachts jemand drauf?«

»Sicher.«

Amer blickt hinüber zur goldenen Kuppel des Felsendoms, zum Ölberg, sieht den schlanken Turm des russischen Klosters, den Garten Gethsemane, die Kirche der Maria Magdalena, deren goldene Spitzen glühen. Amer geht es nicht anders. Er fürchtet die ganze Zeit, vor lauter Nervosität rot anzulaufen. Wahrscheinlich leuchten seine Wangen schon.

»Der Sommer kommt. Ich kann auch diesen grauen Haferbreihimmel nicht mehr sehen.«

Maya lacht. »Sagt man das so bei euch?«

»Ich sag es. Die Wolkendecke eben hatte doch das gleiche Grau wie der Haferbrei, den die Esel bei uns im Dorf kriegen.«

»Ist es schön in Bethanien?«

»Warst du noch nie bei uns?«

»Nein.«

»Aber ihr seid doch mit dem Wagen auf der Straße nach Jericho gefahren.«

»Weil mein Vater sich verfahren hat. Der würde auch noch beim Kamelrennen in die falsche Richtung reiten.«

»Dann hast du doch gesehen, wie kaputt bei uns alles ist.«

»Nicht so kaputt wie dort drüben.« Maya zeigt geradeaus zu einem der Dächer, auf dem Fässer stehen, manche mit einem weißen Kreuz markiert. Dazwischen Schutt und Satellitenschüsseln. Mittendrin hängt eine traurige Israelflagge – blau-weiß-blau mit Davidstern. Halb zerfleddert baumelt sie an einem kurzen Mast und schleift über den Boden.

»Jedenfalls mag ich es, wie du redest, Amer.«

»Blödsinn rede ich.«

Das schabende Geräusch des Militärhubschraubers unterbricht sie. Er fliegt über sie hinweg ins jüdische Viertel. Dort verharrt er kurz über der Klagemauer und kehrt langsam zurück, zieht einen großen Kreis über das arabische Viertel.

»Einen schönen Wagen hat dein Vater«, sagt Amer, der nun endlich wissen möchte, was für einen Job Mayas Vater hat.

»Mein Vater hat Geld aus Frankreich geerbt und sich gleich diese Karre gekauft«, erklärt Maya.

»Klingt gut.«

»Das Geld hat bis jetzt nur böses Blut gebracht. Plötzlich haben meine Eltern einen Hausspleen. Sie streiten sich darüber, wo wir nun hinziehen sollen. Völlig bescheuert.«

Amer entgegnet nichts drauf. Das Gespräch kommt ins Stocken, dann sagt Maya: »Ich war am Freitag am Busbahnhof.«

»Als sich die Märtyrerin umgebracht hat?«

»Märtyrerin?«

»Ach, die bei uns reden nun mal von Märtyrern, nicht von Terroristen.«

Der Hubschrauber kehrt zurück, überfliegt jetzt die Dächer in der Nähe von Maya und Amer, der Pilot senkt die Maschine bis auf 15 Meter Höhe.

»Sucht der was?«, fragt Amer.

»Ich weiß nicht.«

Dann zieht er ohne ersichtlichen Grund plötzlich wieder ab, zurück zur Klagemauer. Sehen können Amer und Maya die haushohe Mauer von hier nicht, sondern nur das Minarett des islamischen Museums, das schräg dahinter liegt. Orthodoxe Juden ziehen diskutierend an Amer und Maya vorüber. Sie haben keinen Blick für die beiden übrig. Die jungen Männer tragen weiße Hemden und schwarze Umhängetaschen, aus denen Bücher hervorlugen.

»Während mein Bruder beim Militär ist, laufen die hier herum und spielen wichtig.«

»Du magst die Orthodoxen nicht?«

»Sie müssen nicht arbeiten, sondern bekommen Geld vom Staat. Eigentlich kriegen sie nur Kinder und beten. Das ist ihr Job für Israel. Würdest du solche Leute mögen.«

Amer zuckt mit den Schultern.

»Mein Vater meint jedenfalls, sie liegen uns allen auf der Tasche«, sagt Maya.

»Gibt es hier oben eigentlich keine Araber?«

»Doch. Ab und zu. Aber meistens sind wir Juden unter uns. Bislang hat sich hier noch niemand umgebracht. Es ist das friedliche Dach Israels.«

Maya nimmt Amers Hand und führt ihn Richtung Kirchturm der Erlöserkirche. Ein Junge balanciert dort unten auf der Muristan-Road ein Blech Brote an den Juwelierläden vorbei. Hinter dem Torbogen liegt die Grabeskirche, ein steinerner Totenschädel, durch den Priester wie Ameisen laufen.

»Gibt es auch Protestanten in der Grabeskirche?«

»Ich dachte, Juden interessieren sich überhaupt nicht für uns Christen.«

»Hahaha. Haben die Protestanten nun einen Teil der Kirche oder nicht?«

Amer zuckt mit den Schultern. »Kann sein. Allerdings, wenn man bedenkt, was Martin Luther über das Grab gesagt hat …«

»Was denn?«

»Er hat gemeint: Nach dem Grab, in dem der Herr gelegen hat, fragt Gott genauso viel wie nach allen Kühen der Schweiz.«

»Woher hast du das denn?«

»Von Marie. Sie ist doch Schweizerin.«

Maya kann nicht ernst bleiben und prustet los. »Und was hat der Spruch mit der Schweiz zu tun?«

»Genauso viel wie die Kühe.«

Die beiden springen über einen Vorsprung auf das Dach eines jüdischen Hauses. Es steht mitten im christlichen Viertel, in dem aber hauptsächlich Moslems wohnen. Das Dach ist dicht bewachsen mit Satellitenschüsseln, grau und schwarz. Sie scheinen alles überwuchern zu wollen. Maya geht an den Rand des Dachs und sieht hinunter. Unten in der Gasse ist es schon fast dunkel. Vor dem Töpferladen unterhalten sich zwei Araberinnen, Händler sitzen ein paar Geschäfte weiter auf ihren Hockern und spielen Backgammon. Hätte sie ein Fernglas, könnte sie vielleicht erkennen, wie abgeschabt die Spielsteine sind, denn außer diesem Spiel und dem Fernseher haben die Männer keine Beschäftigung. Dazu dringt leise eine leiernde arabische Musik aus dem Juwelierladen.

»Pass auf, Maya. Fall nicht runter. Sonst bin ich noch schuld.«

»Dann halt mich fest.«

Amer umarmt sie von hinten. Er riecht ihr Haar, zögert einen Augenblick, drückt sie fester und gibt ihr einen Kuss auf den Hinterkopf. Maya dreht sich um und küsst ihn ebenfalls flüchtig, als sei der Kuss nicht ernst gemeint, ein Scheinangriff, dann löst sie sich aus seiner Umklammerung und geht ein paar Meter weg. Jetzt streckt sie ihm die Hand entgegen. »Komm. Wir müssen zurück. Ich muss dir noch was zeigen.«

Sie laufen wieder am spitzen Turm der Erlöserkirche vorbei. Ganz in der Nähe der Treppe bleibt sie stehen.

Sie lehnt sich gegen eine Mauer. »Dahinter liegt der Garten der Erlöserkirche. Lass uns rüberklettern.«

»Und der Polizist im Vogelhäuschen?«

»Er wird schon nicht schießen.«

»Du bist naiv, Maya. Wärst du Palästinenserin, wärst du längst nicht mehr gutgläubig gegenüber Soldaten.«

»Mag sein. Ich kenne selbst einen.«

»Ist auch egal. Jedenfalls können wir im Hellen unmöglich drüberklettern.«

»Dann bleib eben hier.«

Maya springt hoch und klammert sich mit den Fingerspitzen oben an die Mauer. »Los, hilf mir. Ich schaff's sonst nicht.«

»Du bist ja verrückt«, sagt er und greift mit beiden Händen ihre Taille, aber nicht, um ihr hinüberzuhelfen, sondern um sie festzuhalten.

»Was machst du, Amer?«

Langsam lässt sich Maya wieder nach unten gleiten und sieht ihn fragend an.

Die Antwort kommt. Ein Kuss. Als Amer sich zurückziehen will, drückt sie ihn noch einmal an sich und küsst ihn weiter. Dann hört sie auf und fragt ziemlich ernüchternd: »Und jetzt?«

»Weiß nicht«, meint Amer. Er ist durcheinander. »Wir haben Zeit, Maya. Wir müssen nicht jetzt in den Garten.«

»Mag sein, aber was machen wir jetzt?«

»Weiß nicht«, sagt er und lässt sich wieder von ihr küssen. Die jüdischen Kinder sehen zu den beiden hinüber. Amer und Maya spüren die Blicke wie lästige Fliegen auf sich krabbeln und hören auf.

Eigentlich Quatsch, denkt Amer. Woher sollen sie wissen, dass hier an der Mauer ein Palästinenser und eine Jüdin knutschen. Niemand kann aus der Entfernung seine goldene Kette mit dem Kreuz aus Lapislazuli erkennen. Maya muss auch nicht unbedingt eine Jüdin sein, nur weil sie kein Kopftuch trägt. Doch sie beide quält ein schlechtes Gewissen.

»Lass uns hier wieder weggehen«, sagt Amer.

»Also doch über die Mauer?«, fragt Maya zum Spaß.

Amer guckt skeptisch. »Wissen eigentlich deine Eltern, wo du bist?«

»Sie glauben, ich bin beim Schulsport. Wenn die rauskriegen, dass ich mit einem Palästinenser zusammen bin, bringt mich mein Vater um.«

»Warum?«

»Mensch, Amer. Was denkst du denn? Ich hab dir doch erzählt, dass mein Bruder in der Armee ist. Und am Schabbat nach dem Attentat haben die zwei nur noch über euch Palästinenser hergezogen.«

»Ich denke, dein Vater ist sogar für einen eigenen palästinensischen Staat.«

»War er auch bis zu dem Attentat am Busbahnhof vorigen Freitag. Jetzt will er eher ein Reservat für euch. So wie die Amerikaner die Indianer in Reservate gepfercht haben. Das ist seine Vorstellung.«

»Ich habe schon von der Mauer gehört.«

»So denken viele – aus Angst. Und dein Vater? Was glaubt er, wo du bist?«

»Im Waisenhaus.«

»Na, prima. Das ist aber kein gutes Alibi.«

»Warum?«

»Weil er doch nur kurz anrufen muss und dein Schwindel fliegt auf.«

Amer nimmt Mayas Kopf, zieht ihn ein wenig zu sich heran und presst seine Stirn gegen ihre, dann küsst er ihren Sommersprossensattel auf der Nase. Doch sie bleibt kühl.

»Was hast du?«

»Es ist traurig.«

Auch ohne Worte versteht Amer, worum es ihr geht. Sie wird ihn nie zu Hause besuchen können und er niemals sie.

»Lass uns einfach nicht nachdenken«, sagt Maya. »Lass uns genießen.«

Den Kindern ist das Knutschen der beiden an der Gartenmauer keinen Blick mehr wert.

»Ich muss wieder nach Hause«, sagt Amer. »Du hast recht. Wenn mein Vater im Waisenhaus anruft, fliegt alles auf. Dann können wir uns womöglich überhaupt nicht mehr sehen.«

»Okay.«

»Wann sehen wir uns wieder, Maya?«

»Sollen wir uns wirklich wieder sehen?«

»Du hast doch gesagt, wir sollen genießen. Also wann?«

»Morgen kann ich nicht. Nationalfeiertag.«

»Ach«, sagt Amer ironisch. »Das wäre mir gar nicht aufgefallen. Bei all den Israel-Fahnen und -Fähnchen in der Stadt. Fehlt nur noch, dass sie mir eins in die Hand drücken.«

»Papa hat sich auch eine Fahne an den Wagen geklemmt und in der Schule gab's Fähnchen umsonst.«

»Also, wann sehen wir uns?«

»Nach den Feiern.«

»Gut. Ich ruf dich an.«

Amer hat plötzlich Flugzeuge im Bauch. Aus heiterem Himmel ist wieder diese Distanz da, als würde ein Zug zwischen ihnen hindurchdonnern.

»Ich bring dich noch nach Hause, Maya.« Hier oben möchte er sich einfach nicht von ihr trennen. Das darf nicht das Ende dieses Tages sein.

»Wie meinst du das?«

»Na, bis zum Damaskus-Tor.«

»Ist gut.«

Das Handy klingelt. Maya geht ran: »Mama ... Wo ich bleibe? ... Ich bin noch zu einer Freundin gegangen ... Ja, ich weiß ... Ich komm gleich.« Dann steckt sie das Handy wieder weg.

»Meine Mutter hat Angst«, sagt Maya. »Es wäre ihr am liebsten, wenn mich Papa jeden Tag zur Schule brächte und wieder abholte. Die Busse sind ihr zu gefährlich.«

»Sind sie ja auch.«

»Du übertreibst. Sollen wir uns etwa von den Palästinensern das ganze Leben versauen lassen?«, sagt Maya. Dann stockt sie und meint: »Ist mir nur so rausgerutscht.«

»Ist ja wahr. Aber *unser* Leben ist schon versaut. Wir können nicht mal mehr aus Palästina ausreisen.«

»Wieso?«

»Weil wir dann nicht mehr zurückdürfen. Eine Freundin meiner Mutter wollte ihren Schwager in Brüssel besuchen. Auf dem Amt haben sie ihr gesagt: Ausreisen dürfen Sie, aber ob Sie wieder einreisen dürfen, das können wir nicht garantieren.«

»Fliegt sie trotzdem?«

»Nein. Sie hat ein Kind und ist verheiratet. Sie will auf keinen Fall riskieren, in Belgien bleiben zu müssen.«

»Aber ihr könnt doch über Amman einreisen.«

»Bis jetzt, doch die israelische Regierung will wohl auch die Grenze zu Jordanien dichtmachen.«

»Bescheuert.«

Sie bindet sich mit einem Griff ihre Haare zusammen. Wieder klingelt das Handy. Maya sieht aufs Display: »Das ist noch mal Mama.« Sie verdreht die Augen. »Mama, ich bin unterwegs.«

»Ich muss jetzt wirklich los, Amer. Von hier aus dauert es ohnehin viel länger als von der Schule.«

»Ich geh mit dir«, sagt Amer. »Ich werde einfach mit dir im Bus fahren.«

»Du kannst nicht mitkommen.«

»Nur in die Gegend.«

Maya gibt nach. Am liebsten würde sie ihn mit zu sich nach Hause nehmen. Die beiden besteigen den israelischen Bus am Damaskus-Tor. Er ist fast leer. Kaum jemand fährt mehr in diesen Bussen. Zu oft ist es schon passiert, dass ein Araber eine Bombe gezündet hat. Wer einsteigt, wird vom Fahrer sofort mit einem Röntgenblick abgecheckt, ebenso von den Passagieren. Schließlich könnte jeder neue Fahrgast ein Selbstmörder sein. Sobald der Passagier mehr als fünf oder zehn Minuten im Bus sitzt, gehört er zum eingeschworenen Kreis der Fahrgäste, denn normalerweise sprengen sich die Selbstmordattentäter gleich nach Betreten des Busses in die Luft.

Maya zahlt das Ticket für Amer. Sie selbst hat eine Schülerkarte. Sie fahren durchs russische Viertel, ein junger Typ mit Ledermantel steigt ein. Hager, dunkel und unrasiert. Warum trägt er einen so langen Mantel? Er sieht aus wie ein Palästinenser, findet Amer. Stumm legt der Mann das Geld auf den Zahltisch des Fahrers, geht an Amer und Maya vorbei, die auf den Mittelplätzen etwas erhöht sitzen, und setzt sich ganz nach hinten auf die durchgehende Rückbank.

Amer dreht sich um.

»Hast du ihn dir genau angesehen?«, fragt Maya.

»Merkwürdiger Kauz.«

»Hast du Angst?«

»Nein.«

»Sonst hättest du ihn nicht angesehen. Der könnte einer sein. Ist so ein Typ.«

»Wieso?«, fragt Amer.

»Gleich werden wir's wissen«, sagt Maya. »Wir sitzen gottlob ein Stück weit weg von ihm. Uns reißt es nur die Köpfe ab.«

»Hör auf. Das ist nicht witzig.«

»Früher gab es ein Sprichwort«, sagt Maya: »Tel Aviv tanzt, Haifa arbeitet, Jerusalem lernt.«

»Und heute?«

»Heute tanzt keiner mehr. Ich fahre sonst nie mit einem Eggedbus«, erklärt Maya und sieht aus dem Fenster: »Da steht ja der Wagen von meinem Vater.«

Als sich die Türen an der Bushaltestelle auseinanderschieben, springen die beiden raus.

»Wo wohnt ihr?«

»Da vorn. Hier sage ich dir besser Shalom.«

»Was ist das eigentlich für ein Leuchter? Der ist mir schon aufgefallen, als ich auf dem Weg zum Krankenhaus bei euch in den Wagen gestiegen bin. Er hat ja nur sechs Arme und dazwischen wuchert irgendwelches Zeug.«

»Denk mal scharf nach.«

»Weiß nicht.«

»Die haben die Leuchter damals verkauft, als die große Synagoge gebaut wurde – zum Andenken an die sechs Millionen Opfer des Holocaust in Deutschland. Und das Zeugs soll Stacheldraht sein.«

Amer nickt. Natürlich hat er die beiden Leuchter, die umgeben sind von Stacheldraht, rechts und links des Eingangs zur Großen Synagoge schon gesehen. Aber so in Miniformat wirkt die Menorah anders.

»Opa und Oma sind im KZ gewesen.«

»Haben sie überlebt?«

»Lass uns nicht jetzt drüber reden.«

Maya verabschiedet sich ohne Umarmung, ohne Kuss.

Er sieht ihr noch einen Moment nach. So hätte ich ihr vermutlich auch Tschüss gesagt, wenn wir in Bethanien wären, denkt sich Amer. Er blickt noch mal in den Wagen der Fleischmanns und auf den Leuchter: sechs Arme. Normalerweise haben sie sieben und sind das Wahrzeichen des Staates Israel.

Amer geht zu Fuß weiter. Das Busfahren ist ihm vergangen.

Hier im Osten der Stadt wohnen überwiegend Juden. Bald schon hat er das moderne Bahnhofsgebäude mit der Glasfassade erreicht, in dessen Nähe die Bombe hochgegangen ist. Es erstreckt sich über drei Etagen und beherbergt in den unteren beiden Etagen Geschäfte. Oben im dritten Stock fahren die Busse – kurz Egged genannt – der Egged-Busgesellschaft ab. Ihre Ziele: Totes Meer, Jaffa, Hebron, Tel Aviv oder andere Regionen des Landes.

Früher sah man hier Pendler und Touristen, jetzt sind es nur noch grün uniformierte Soldaten – junge Gesichter, kaum älter als Amer. Für jeden, der ein Gewehr tragen kann, scheint es in Israel eine Uniform zu geben. Vor dem Eingang wird scharf kontrolliert. Bodyguards und Militär checken die Leute.

Amer wechselt die Straßenseite, um nicht an den Wachleuten vorbeigehen zu müssen. Wie am Ben-Gurion-Flughafen haben die Türsteher Metalldetektoren, armlange dunkle Plastikstäbe, und wie sonst nur an Flughäfen muss jeder Passagier sein Gepäck durchleuchten lassen.

Zwei Straßenecken weiter steigt Amer doch in einen Egged-Bus, denn es ist einfach zu weit von hier bis zum Damaskus-Tor. Sofort spürt er die misstrauischen Blicke, die auf ihm haften.

10.

»Der Arzt ist oben«, sagt Jamal.

»Was ist denn passiert?«

»Sabreen hat sich am Telefon mit Marie gestritten und sich so aufgeregt, dass sie zusammengeklappt ist. Hat immer schneller und schneller geatmet und plötzlich war sie weg.«

»Kann man zu ihr?«

»Es geht ihr wohl schon besser«, sagt Jamal. »Wo warst du eigentlich gestern, Amer?«

»In Jerusalem, einen Freund besuchen.«

»Wen?«

»Kennst du nicht.«

»Du warst bei Maya.« Jamal stellt sich vor Amer und blockiert die Treppe, als wolle er Amer zur Rede stellen.

»Kann ich nun zu Sabreen? Es ist doch lächerlich, was du hier veranstaltest.«

Der Arzt verabschiedet sich gerade, als Amer Sabreens Zimmer betritt.

Überall hängen Poster des libanesischen Popstars Abdullah Said – über Sabreens Bett, dem Schreibtisch, neben der Tür. Mal sitzt er vor dem Piano, mal singt er allein mit Mikro, aber immer trägt er das gleiche verführerische Lächeln im Gesicht. Makellos. Ebenfalls über dem Bett, auf einem Holzbrett, steht die Kompakt-Stereoanlage, und an Sabreens Fußende liegen zwei Teddys – knatschrot und rosa. Sie erinnern an ein Kleinmädchenzimmer.

Sabreen selbst ist blass und der Arzt in Eile. »Ich muss jetzt. Sollte noch irgendwas sein, dann hast du ja meine Handynummer. Du darfst dich nicht so aufregen, Sabreen. Und denk dran, was ich dir gesagt habe: Du musst deine Krankheit akzeptieren und auch dein Leben danach ein bisschen ausrichten. Du darfst dich einfach nicht so aufregen, dich nicht so in eine Geschichte hineinsteigern. Marie wird schon zurückkommen. Sie hat ganz andere Probleme durchgestanden.«

Amer ist erregt. Kaum ist der Arzt raus, fragt er Sabreen vorwurfsvoll, obwohl er sich eigentlich Sorgen um sie macht: »Warum hast du das getan?« Und er setzt sich zu ihr ans Bett.

»Marie hätte nicht fahren dürfen.«

»Aber so hältst du sie nicht auf«, sagt Amer und beruhigt sich langsam. »Ihr beiden seid verrückt. Im einen Moment streitet ihr, im nächsten seid ihr wieder ein Herz und eine Seele.«

Sabreens riesige Augen sind klein und verweint.

Amer drückt ihr einen Kuss auf die Stirn. »Ich habe Bilder von Dschenin gesehen. Die haben einen Teil in Schutt und Asche gelegt«, erklärt er.

»Sag ich doch die ganze Zeit. Die Israelis wollen uns fertigmachen.«

»Wann kommt Marie denn wieder?«

Statt einer Antwort fragt Sabreen Amer: »Und wie war es bei deiner neuen Freundin?«

»Wie kommst du darauf?«

»Ich habe dich und Jamal eben im Flur gehört. Ihn kannst du vielleicht für dumm verkaufen, mich nicht.«

»Es ist meine Sache.«

»Stimmt. Aber sie ist keine Sache, sondern eine Jüdin.«

»Du bist nur eifersüchtig.«

Sabreen laufen Tränen die Wange hinunter. Sie sagt nichts, liegt nur da wie ein Häufchen Elend in ihrem etwas zu kurz geratenen Bett, inmitten dieses tausendfach lächelnden Abdullah, und beginnt zu schluchzen.

»Beruhig dich, Sabreen. Ich habe dich auch noch lieb. Wir zwei können nur nicht...«

»Lass mich in Ruhe«, faucht sie. »Fass mich nie wieder an. Sie hast du sicher auch schon angefasst. Hau ab!«

Amer geht und läuft Jamal, der gerade aus dem Fernsehzimmer kommt, direkt in die Arme.

»Was ist mit Sabreen?«

»Egal. Es geht nur um uns beide, um mich und Sabreen.«

Ohne ein weiteres Wort will Amer aus dem Haus.

Draußen stehen Militärfahrzeuge. Auf einem der gepanzerten Wagen ist ein Lautsprecher angebracht. Ein Soldat ruft: »Mana-et-tazjouwel – es ist verboten, herumzulaufen, verboten, von einem Punkt zum andern zu gehen.«

Ausgangssperre.

Zum ersten Mal verhängt die israelische Armee eine Ausgangssperre in Bethanien. Ein Selbstmordattentäter hat sich in Hebron in die Luft gesprengt, mitten in der Siedlung der Israelis – angeblich kam der Mann aus Bethanien.

Normalerweise beginnen solche Sperren um fünf Uhr, bevor der Muezzin in der Frühe zum Gebet ruft.

»Was soll das denn? Diese Idioten! Wie soll ich denn jetzt nach Hause kommen?« Amer flucht mit gedämpfter Stimme, damit die Israelis ihn nicht hören. Soldaten nehmen ihre Posten an den Straßenecken ein. »Mana-et-tazjouwel«, dröhnt es wieder aus dem Lautsprecher. »Bis zur Aufhebung der Ausgangssperre gilt die Ausgangssperre.«

Amer knallt die Haustür wieder zu.

»Was soll ich denn jetzt machen?«

»Jammer nicht rum«, entgegnet ihm Jamal. »Omar und Tariq sind noch unterwegs. Das ist viel schlimmer. Wer weiß, wo die sich rumtreiben. Marie wird mich zusammenpfeifen, wenn sie anruft und ich ihr das erzähle. Schließlich könnten sie hier sicher zu Hause sein.«

Tariq kommt hereingestürzt, und ein Soldat schreit: »Bleib ja drin!«

»Die knallen jetzt völlig durch«, sagt Tariq und lässt sich auf die Couch neben der Eingangstür fallen.

»Was ist mit Omar?«

»Weiß ich nicht. Heute früh war er bei mir im Laden und wollte eigentlich später herkommen. Er will mit dir sprechen.« Tariq sieht dabei Jamal fragend an und sagt: »War er hier?«

Jamal schüttelt den Kopf.

Amer fällt ein Stein vom Herzen. Omar wollte heute

sicher mit Jamal über das Attentat reden. Doch die Ausgangssperre hat ihm und Khalil einen Strich durch die Rechnung gemacht. Vielleicht lässt Husam ja jetzt den Plan ganz fallen, hofft Amer.

Die drei sitzen und starren Löcher in die Luft.

Dann fragt Amer: »Komm ich noch nach Hause?«

»Jetzt ist erst mal hier dein Zuhause. Die Israelis haben Schiss bis unter die Helme und sind aggressiv«, sagt Tariq. Er kämmt sich ruhig durch die Haare. »Unglaublich, was das für Angsthasen sind. Knarren ohne Herz, mehr nicht.«

»Na, toll«, sagt Amer. »Mein Vater wird sich freuen, wenn ich heute Nacht nicht nach Hause komme.«

»Ist Nacht?«, fragt Tariq.

»Nein.«

»Dann wart erst mal ab. Vielleicht wird die Ausgangssperre ja bald wieder aufgehoben.«

»Wenn du ein arabisches Herz hättest, würdest du rausgehen«, sagt Jamal.

»Was redest du denn für einen Schwachsinn?«, fragt Tariq.

»Du glaubst wohl, Christen sind feige.«

»Das hab ich nicht gesagt.«

»Aber du meinst es.«

Jamal schweigt. Normalerweise ist Amer nicht so leicht zu provozieren, doch diesmal will er ihnen einfach beweisen, dass er dazugehört, dass er sich für ihre Seite entschieden hat. Und er steht auf. »Ich geh da jetzt raus«, sagt Amer. »Ich lass mir nicht mehr sagen, was ich zu tun und zu lassen habe. Von niemandem.«

»Du bist wahnsinng!«, ruft ihm Tariq hinterher, doch Amer ist schon aus der Tür. Blind vor Wut, läuft er über den Betonpfad durch den Vorgarten und auf den Bürgersteig. Er wird es seinen Freunden schon zeigen, dass er keine Angst hat, dass er genauso Palästinenser ist wie sie alle.

Ein Wachposten schreit ihn von der Ecke aus an: »Hast du nicht gehört! Ausgangssperre!«

»Wie lange?«, brüllt Amer zurück.

Der Soldat scheint nicht zu Späßen aufgelegt, sondern hält sofort das Gewehr im Anschlag und zielt auf Amer. Der Helm ist dem Mann ein wenig zu groß, seine Gesichtszüge wirken asiatisch – vermutlich Kasache, Kirgise oder Usbeke, denkt Amer. Jedenfalls kommt er irgendwo aus den ehemaligen östlichen Provinzen der Sowjetunion.

»Geh rein! Schnell!«, ruft der Soldat. Er spricht ein wenig Arabisch. »Verstehst du mich nicht?! Geh zurück ins Haus.«

»Ich versteh auch Hebräisch!«, ruft ihm Amer entgegen und murmelt halblaut: »Vermutlich bin ich ohnehin mehr Israeli als du.«

»Zwing mich nicht zu schießen!«, schreit der Soldat. »Ich schieße!«

»Ja! Ja! Ich geh ja schon!«, ruft Amer und gehorcht.

Im Haus wird er von niemandem erwartet. Tariq hört laut Musik in seinem Zimmer, und Jamal schreit von oben runter: »Mach leiser! Ich will fernsehen!«

Für Amer scheint sich schon keiner mehr zu interessieren, sondern jeder nur noch für sich. Amer versteht die Welt nicht mehr. »Ich kapier euch nicht!«, ruft er die

Treppe hoch. Keine Reaktion. Dann denkt er an Haya und brüllt ihren Namen. Wieder keine Reaktion. Dann Jamals Stimme: »Die ist nicht da! Der wird es im *Haus der Seligen* schon gut gehen. Mach dir keine Sorgen!«

Eine halbe Stunde später ruft Amer bei seinen Eltern an – keiner geht ran. Sie sitzen sicher – genau wie Amer – fest und können nicht nach Hause.

Er wählt erneut, wieder eine kurze Nummer.

»Wen rufst du an?«

Amer zuckt zusammen. »Woher kommst du denn so plötzlich, Sabreen? Ich denke, du liegst oben im Bett.«

»Hast du mit deiner Freundin telefoniert?« Sabreen brennt vor Eifersucht. Ihr Gesicht ist starr, hart, als trüge sie eine Maske aus Wachs.

»Wieso willst du das wissen?«

»Du scheinst dich ja wirklich gut mit dieser Jüdin zu verstehen.«

»Ja. Sie versucht zumindest, mich zu verstehen. Aber ich kann dich beruhigen, Sabreen. Ich rufe nicht bei Maya an, sondern im Heim – wegen Haya.«

»Hallo? Hallo?«, ruft eine Stimme aus dem Hörer. Der Pförtner vom *Haus der Seligen* ist dran.

»Ist Haya noch da?«

»Nein, vor etwa einer Stunde ist sie nach Hause gegangen.«

»Schöne Bescherung. Und wo ist sie jetzt?«

Der Pförtner weiß keine Antwort.

Von draußen dröhnt es wieder krächzend herein: »Strikte Ausgangssperre! Es wird geschossen!« Und dann sind Schüsse zu hören.

»Die machen vielleicht einen Wind!«, ruft Jamal von oben. »Aufhalten werden die uns so aber nicht!«

»Wer gegen Israel kämpft, kämpft gegen Amerika und verliert!«, schreit Amer, Tariqs Musik übertönend, hinauf.

Jamal reagiert nicht.

Im Fernsehzimmer fläzt er sich auf der Matte. Nachrichten. Info-Endlosschleife. CNN, Aljazeera, BBC, Al Manar. Nasdaq und ein Interview mit Arafat – Nahaufnahme, feuchte Lippen, übergroß.

»Der ist ja mittlerweile so alt wie der Papst«, sagt Amer.

»Zu alt«, fügt Jamal hinzu und zappt weiter.

Demonstration in Kairo, Hochwasser in China, Russen vermuten tschetschenische Rebellen im Pankisi-Tal von Georgien, die Welt dreht sich schnell und schneller, Amer und Jamal hängen reglos vor dem Apparat. Tariq kommt rein und dreht sich im Stehen eine Zigarette.

»Die Musik hättest du wenigstens ausmachen können«, sagt Jamal.

»Ist ja gut. Hab's vergessen.«

Jamal dreht sich auf den Rücken und zeigt Tariq einen Vogel. »Wie kann man diesen Krach vergessen. Bist du taub?«

»Ich geh gleich runter und mach sie aus.«

Während Tariqs Feuerzeug aufschnappt, Al Manar einen Bericht über die Lage in Bethlehem sendet und am Bildrand kurz ein merkwürdiger Kauz zu sehen ist, setzt sich genau in diesem Moment eben jener Kauz, der sich selbst Bruder Bill nennt, am Checkpoint von Bethlehem die Mütze seiner Kutte auf. Bill Murray stammt aus Chicago, ist 118 Kilo schwer, 1,93 Meter groß, hat Krampfadern und trägt eine Mönchskutte aus Jeansflicken. Der US-Amerikaner und Psychologe führte 18 Jahre lang eine Praxis am Lake Michigan – direkt am See, Blick aufs Wasser und den Hafen –, heiratete nicht, leistete sich alle zwei Jahre einen neuen Porsche, und seine Versicherung zahlte ihm zum 56. Lebensjahr 380 000 Dollar aus. Bis zu diesem Zeitpunkt hatte Bill nichts mit Israel oder Palästina am Hut. Doch dann gab Bill seine Praxis auf und suchte einen neuen Sinn im Leben, wurde gläubig, arbeitete zwei Jahre lang ehrenamtlich mit jugendlichen Straßengangs in Chicago, kümmerte sich um Junkies und hörte vom Krieg im Heiligen Land.

Bill verkaufte seine Eigentumswohnung am See, flog nach Tel Aviv und stellte sich in Ramallah zwischen die kämpfenden Palästinenser und Israelis. Wunderbarerweise traf ihn keine Kugel. Das sah er als eine Gnade Gottes an, aber die israelischen Soldaten vertrieben ihn trotzdem. Er ließ sich daraufhin im christlichen Forschungszentrum Tantur nieder – einer Einrichtung an der Grenze zu Bethlehem, gleich am Checkpoint. Tantur liegt auf einem Hügel und ist umgeben von einer niedrigen Mauer. Nur noch zwei Studenten und der Direktor des Instituts halten die Stellung und warten auf Frieden.

Und Bill? Er steht jetzt gut 50 Meter vom Checkpoint

nach Jerusalem entfernt, lehnt am Eingang zum Tantur-Zentrum und beobachtet Sirien Awadalleh, die aus dem Egged steigt. Sie kehrt gerade vom Einkauf aus der Jerusalemer Vorstadt zurück. Die Palästinenserin mit israelischem Pass wohnt in Bethlehem direkt hinter dem Checkpoint, trägt eine blassrote Perücke und einen grünen, geflickten Acrylpullover. Sie gilt als verrückt, aber harmlos.

Die Soldaten drücken ein Auge zu und lassen die Mittfünfzigerin einmal die Woche zum Supermarkt nach Jerusalem. Sirien ist schwer beladen mit zwei prall gefüllten Plastiktüten, grüßt Bill kurz und geht weiter. Ein Mann mit einem grauen Rucksack aus Filz fängt Sirien vor dem Kontrollpunkt ab. Sirien gibt ihm eine der Plastiktüten, und beide wandern nun gemeinsam hinüber – ohne kontrolliert zu werden.

Doch hinter dem Checkpoint fällt der Mann, als er sich von Sirien getrennt hat und gerade seinen Fotoapparat aus dem Rucksack holt, einem der Soldaten auf. Er wird angeschrien, festgenommen und wieder aus Bethlehem rausgeworfen. Wie an einer Schnur gezogen, kommt er nun mit seinem Fotoapparat in der Hand auf Bruder Bill zu.

»Können Sie mir helfen?«

Bill nickt und sagt: »Ich hoffe.«

»Ich bin Pilger aus Deutschland und will nur ein Foto von der Geburtskirche in Bethlehem machen.«

»Aber du warst doch eben schon mit Sirien in der Stadt. Warum hast du kein Foto gemacht?«

»Die Soldaten haben es verhindert. Sie haben mich

überhaupt nur nach Bethlehem über den Checkpoint gelassen, weil ich der Frau die Plastiktüte getragen habe.«

»Hab ich gesehen«, sagt Bill. »Sirien ist eine merkwürdige Frau und sie haben dich sicher für ihren merkwürdigen Enkel gehalten.«

Der Pilger sagt: »Ich möchte hinauf auf den Hügel und von dort Bethlehem fotografieren.«

»Okay«, sagt Bill.

»Aber die Soldaten wollen mich erschießen. Sie haben mir nicht geglaubt, dass ich ein Pilger bin. Sie halten mich für einen Spinner oder einen Journalisten.«

»So schnell schießen sie nicht«, sagt Bill. »Soldaten haben was gegen Papierkram. Und wenn sie dich erschießen, haben sie eine Menge Papierkram am Hals.«

»Können Sie mir trotzdem helfen?«

»Wie?«

»Können Sie vielleicht auf der linken Seite gehen, wenn wir gemeinsam den Hügel hinaufklettern?«

»Du willst, dass sie erst mich und dann dich erschießen?«

Der Pilger nickt und sagt: »Ich will nicht, dass die Israelis hier alles bestimmen. Ich bin Christ und lasse nicht zu, dass ich nicht mal ein Foto von der Geburtskirche machen darf. Schlimm genug, dass sie von den Israelis beschossen wird und sich die Palästinenser dort verschanzt haben. Schlimm genug.«

Die beiden gehen durch den Eingang zum Tantur den Berg hinauf. Oben auf dem Hügel holt der Pilger seinen Fotoapparat heraus und schaut durch die Linse. Es ist diesig.

»Wo ist denn überhaupt die Geburtskirche?«

»Unter dem silbernen Ballon«, sagt Bill. »Die Israelis haben an dem Ballon Kameras angebracht und beobachten so von der Luft aus die Kirche. Siehst du sie jetzt?«

Der Pilger drückt auf den Auslöser.

»Und jetzt guck mal in diese Richtung.«

Bill zeigt hinunter zum Checkpoint: sechs Panzer und ein Dutzend Männer mit Maschinengewehren.

»Sieh mal. Sie winken dir zu.«

»Warum?«

»Vielleicht finden sie es gut, dass du trotz ihres Verbots einfach hierhinauf marschiert bist.«

»Die sind verrückt.«

»Alle sind verrückt, sonst gäbe es keinen Krieg.«

11.

Sabreen, Tariq, Amer und Jamal sitzen unten. Das Einzige, was sich im Aufenthaltsraum des Waisenhauses bewegt, sind die Zeiger der Uhr über der Haustür. Draußen ist es still. Die Soldaten in Bethanien scheinen alles zu kontrollieren.

»Ich muss hier raus«, sagt Tariq. »Ich ertrag das nicht mehr.« Jamal, Sabreen und Amer schweigen. »Wir können doch rüber zur Schule. Da sind garantiert keine Israelis.«

Hinter dem Waisenhaus liegt an einer Mauer die Schule, ein flaches Gebäude mit Hof und zwei Fußballtoren. Wo früher der Elfmeterpunkt war, befindet sich heute ein Krater, eine israelische Rakete ist dort eingeschlagen. Eigentlich sollten Amer und Jamal an dieser Schule im Sommer ihr Tawjihi – ihr Abitur – machen.

»Also, was ist, Jungs? Sollen wir? Oder wollt ihr euch von den Israelis einsperren lassen? Wir müssen sowieso sehen, was der Dschinn treibt.«

Vor drei Wochen haben sie in der Dämmerung auf dem Schulhof Fußball gespielt. Als Jamal gerade den Ball an Tariq abgeben wollte, war das Leder plötzlich fort – einfach verschwunden, wie vom Erdboden verschluckt. Stattdessen saß eine schwarze Katze vor Tariqs Füßen, mit Augen so rot, wie nur Teufelsaugen rot sein können.

»Ein Dschinn! Ein Dschinn!«, hatte Tariq gerufen, und die drei waren über die Schulmauer geklettert und nach Hause gerannt, als sei der Teufel leibhaftig hinter ihnen her.

Als sie am nächsten Morgen zurückkehrten, war der Ball immer noch weg – und es gab keine Spur mehr vom Dschinn. Jamal vermutet, der Dschinn sei aus dem Raketen-Krater gekommen, also direkt aus dem Erdinnern, der Hölle. Seither lebe der Dschinn im Schulgebäude, wo auch der Ball sei. Dort nachzuschauen hat sich jedoch keiner getraut.

»Der Dschinn bewacht die Schule in Gestalt einer schwarzen Katze«, sagt Tariq jetzt. »Das könnt ihr mir glauben.«

»Und warum sollen wir dann hingehen? Ich würde ja nicht gerade in die Hölle gehen, um mir den Teufel anzusehen. Warum seid ihr so scharf drauf?«

»Weil es spannend ist, Amer.«

»Spannend? Da draußen stehen Soldaten, die wollen euch erschießen, und ihr findet es spannend, den Dschinn zu suchen? Soll ich mal sagen, wie ich das finde?«, empört sich Sabreen.

»Dich hat keiner gefragt«, sagt Tariq.

»Mein Problem ist es nicht«, faucht sie zurück. »Wenn der Dschinn wütend wird, dann gnade euch Allah. Man soll den Dschinn nicht provozieren, so steht es geschrieben.«

»Wo?«

»Ich weiß die Sure nicht genau, aber es steht im Koran.«

»Das glaube ich nicht. Da steht: Ich suche Zuflucht beim Herrn der Menschen, dem König der Menschen, dem Gott der Menschen vor dem Unheil von Einflüsterung – einem heimtückischen Kerl, der den Menschen böse Gedanken einflüstert, sei es ein Dschinn oder ein Mensch.«

Sabreen schweigt, dann platzt es aus ihr hervor: »Du nervst mich manchmal mit deiner Scheißüberheblichkeit.«

Tariq hat schon als kleines Kind den gesamten Koran auswendig gelernt. Sein Vater war Koranlehrer in Hebron. Tariq musste Zeile für Zeile, Sure für Sure auswendig auf Arabisch aufsagen können. Damals verstand er den Sinn noch nicht, aber seinem Vater war die Melodie der Sprache wichtig. Er sagte, dass das Wort Gottes so gelesen werden muss, wie ein Instrument gespielt wird. Tariq war neun Jahre alt, als seine Eltern und seine beiden Schwestern bei einem Autounfall starben. Nur er überlebte. Seitdem ist der Koran für ihn nicht nur das Wort Gottes, sondern auch die Erinnerung an seinen Vater.

»Und was ist mit dir, Amer?«, fragt Jamal. Sein Freund hält sich den Teebecher vors Gesicht, als wolle er sich dahinter verstecken. »Kommst du mit oder bist du ein Schisser?«

»Ich bin dabei«, sagt Amer. »Und wenn nur, weil ich wissen will, ob die Israelis keine Angst vor den Dschinn haben und tatsächlich auf dem Schulhof Wache schieben.«

Amer glaubt eigentlich nicht an Dschinn. Alles Quatsch, hat sein Vater gesagt. Bei uns haben die Leute im Mittelalter auch an Teufel geglaubt. Aberglaube ist das, nichts weiter. Trotzdem hat Amer Angst vor den Dschinn, die sich angeblich im Kopf oder in der Brust einnisten und einem heimtückische Gedanken eingeben.

»Natürlich komme ich mit«, bekräftigt Amer trotzdem noch einmal.

Es ist dunkel draußen. Amer, Tariq und Jamal gehen zur Hintertür, die in den Garten führt – soweit man das Stück mit Resten von Rasen und ein paar Dornbüschen Garten nennen kann.

»Ab jetzt kein Wort mehr«, sagt Jamal.

»Ja, Anführer«, spottet Tariq. »Wir gehorchen. Hier ist doch sowieso kein Soldat oder siehst du irgendwo einen in dieser Dunkelheit?«

Die Gartentür quietscht, kein Israeli zu sehen. Sie laufen gebückt über die Straße. Mit einem Satz springt Jamal auf einen kleinen Mauervorsprung, zieht sich hoch und hilft Amer und Tariq hinauf.

»Verdammt, meine Jacke.«

»Psst. Halt endlich die Klappe, Tariq.«

»Wenn du mir eine neue Jacke kaufst. Schau, sie ist eingerissen.«

Die drei sitzen nebeneinander auf der Schulmauer wie Spatzen auf der Stange. Nur ihre Umrisse sind gegen das Licht der Straßenlaterne zu erkennen. Ein leichter Wind weht und spielt mit den Plastiktüten auf dem Schulhof.

»Vergiss die Jacke, Tariq. Und du bist auch besser still.«

»Ich sag doch gar nichts«, erklärt Amer.

»So muss es auch bleiben«, wispert Jamal. »Der Dschinn könnte uns sonst hören.«

»Ich hab eher Angst, dass Marie uns sehen könnte. Die würde ausflippen.«

»Warum? Die hat doch keine Angst vor Dschinn, die ist doch Christin wie du.«

»Bist du eigentlich völlig bescheuert, Jamal? Natürlich hat Marie keine Angst vor Dschinn, aber die Israelis können uns Löcher in den Hintern schießen.«

»Davor hab ich keine Angst.«

»Okay, Jamal. Lass uns springen.« Amer ist genervt und aufgeregt zugleich. Er übernimmt die Initiative, springt die Mauer hinunter und schleicht sich zum Schulgebäude, gefolgt von Jamal und Tariq, dessen gefütterte Jacke weiße Flocken verliert. Es ist stockdunkel. Nicht mal die Sterne leuchten.

»Hört ihr?«, fragt Jamal.

»Was?«

Die drei verharren kurz.

»Diesen Wind.«

Alle lauschen. Dann ein Schuss, der irgendwo im Dorf verhallt. Wieder Stille.

»Ich hör nichts«, sagt Tariq.

»Doch, da ist was. Es kommt von dort drüben.« Jamal zeigt am Schulgebäude entlang. Das Geräusch wird lauter. Eine Tür schlägt zu. Klackern.

»Was ist das?«, fragt Tariq entsetzt. Plötzlich ist der Riss in seiner Jacke nicht mehr wichtig, sondern nur noch die beiden leuchtenden Punkte am andern Ende der Schule, die langsam auf die Jungen zukommen.

»Augen. Die Augen des Dschinns«, sagt Amer, der mit einem Mal doch an Dschinn glaubt.

»Sind die riesig«, sagt Tariq. »Lasst uns abhauen.«

»Ruhig, ganz ruhig, Jungs. Wenn es ein Dschinn ist, dann sind wir ohnehin erledigt, dann fliegt der gleich auf uns zu und macht uns kalt oder noch was Schlimmeres.«

Doch der Dschinn hat anscheinend keinen Appetit auf die drei und schließt die Augen. Jedenfalls gehen die leuchtenden Punkte aus.

Sehen können die drei jetzt nichts mehr. Es scheint noch dunkler als zuvor. Dafür hören sie etwas: Schritte – Schritte, die aus der Dunkelheit auf sie zukommen. Die drei hocken wie erstarrt nebeneinander an der Schulmauer.

Die Lichter gehen kurz wieder an und leuchten ihnen genau in die Augen.

»Weg hier«, sagt Tariq und läuft Richtung Mauer, bloß weg, Jamal und Amer hinter ihm her wie fliegende Schatten.

»Aua!«, schreit Jamal. »Verflucht!« Er ist mit dem Fuß umgeknickt.

»Sei still!«, fährt ihn Amer in möglichst ruhigem Ton an und hält Jamal den Mund zu. »Bist du wahnsinnig«, flüstert er ihm ins Ohr. »Wenn uns die Israelis hören.«

Tariq ist schon weitergelaufen und wartet an der Küchentür. Er winkt Amer, der Jamal stützt, heran.

»Alles gut?«

»Geht schon wieder«, sagt Jamal und humpelt ins Licht des Hauses. Durchs Küchenfenster schauen die drei noch mal hinaus. Trotz des Krachs, den sie veranstaltet haben, ist kein Israeli zu sehen.

»Was waren das für Gestalten?«, fragt Jamal und setzt sich, den Knöchel massierend, auf den Boden.

»Ein Dschinn«, meint Tariq. »Denn wenn es Israelis gewesen wären, hätten sie sofort auf uns geschossen. Die hätten Angst gehabt und abgedrückt. Das war ein Dschinn. Und wer weiß, wie viele noch durch den Raketen-Krater aus der Hölle heraufkommen.« Er zieht seine Jacke aus. Das Loch ist handgroß. Er lässt sich mit dem Rücken an der Wand neben Jamal zu Boden sinken.

»Und die sollen in meiner Klasse wohnen, eure Dschinn?« Amer sieht von oben auf seine Freunde hinab. »Glaubt ihr da wirklich dran?«, fragt er scherzhaft, um seine eigene Angst vor den unheimlichen Wesen zu überspielen.

»Du etwa nicht? Du hast doch auch die Hosen voll gehabt«, meint Jamal.

»Weiß nicht«, sagt Amer. »Eben gerade ja. Aber wenn ich jetzt drüber nachdenke, kann ich es schon nicht mehr so richtig glauben.«

»Das hat nichts mit glauben zu tun. Ich habe die Augen gesehen«, erklärt Tariq. »Das waren keine Israelis, das war ein Dschinn.«

Jamal steht auf und humpelt zum Stuhl neben dem Kühlschrank. Er setzt sich und hievt seinen Fuß auf die Arbeitsplatte, als habe er einen Bleiklotz am Bein. »So läuft das Blut nicht so stark in den Fuß.« Sein Knöchel ist leicht geschwollen.

»Lass doch mal gucken«, sagt Amer. »Gefährlich sieht es nicht aus.«

Tariq steht ebenfalls auf und sagt nur: »Aber ein Held ist unser Jamal auch nicht gerade.«

Später döst Amer auf der Couch ein. Er wird durch Schüsse geweckt. Es ist taghell. Durchs Fenster scheint die Sonne und der Fernseher läuft noch. Der Geruch von Zigaretten steht in der Luft, er hat jedes einzelne Sauerstoffatom im Raum besetzt. Amer quält sich hoch und geht zum Fenster. Nichts Ungewöhnliches, nur ein Wachposten an der Ecke. Noch immer Ausgangssperre.

»Na, ist die Angst vorm Dschinn verflogen?«

Noch bevor Amer in die Küche eintritt, ruft ihm Sabreen die Frage entgegen. Sie hat seine Schritte auf der Treppe gehört.

Im Bad scheint sich gleichfalls etwas zu regen, Jamal pfeift eine kleine Handymelodie, und Tariq kommt frisch gekämmt und mit einem gebügelten Hemd aus seinem Zimmer.

Dann stehen alle mit Marmeladenbroten in der Küche.

»Lach du nur, Sabreen. Das sah alles verdammt echt aus«, sagt Amer. »Da waren plötzlich zwei Lichter.«

»Ja, ja, ist schon gut«, sagt Sabreen und sieht auf die von Marie selbst gemachte Marmelade. »Hat sich Marie gestern noch mal gemeldet?«

Die Jungen schütteln die Köpfe.

»Ich möchte wissen, ob der Dschinn am Tag auch da drüben ist«, überlegt Tariq.

Jamal stößt Amer in die Seite. »Und du? Willst du das nicht auch wissen?«

»Ich will meine Ruhe. Meinst du, ich latsch am helllichten Tag hinüber zur Schule und leg mich mit den Israelis an?«

»Welche Israelis? Da ist weit und breit keiner.«

Jamal humpelt nach draußen, geht zum Gartentörchen und ruft Amer zu: »Hier ist niemand. Ich glaub, die wissen nicht mal, dass es die Straße hier gibt.«

»Komm rein, du Idiot!«, ruft Sabreen.

Plötzlich das Knattern eines Panzerfahrzeugs, laut wie zehn Jeeps.

»Hier ist doch nichts, Sabreen. Schau mal vorn raus.«

»Ich guck schon«, sagt sie. Tatsächlich. »Hey, kommt her. Eine ganze Karawane von Panzern.«

»Truppenbewegung«, sagt Amer.

»Sehr clever«, meint Jamal. »Das sehen wir alle.«

Gestern Abend hat der Reporter darüber spekuliert, dass der Selbstmörder von Hebron nach neuesten Erkenntnissen gar nicht aus Bethanien stammt.

Das Telefon klingelt. Marie. Sie sagt, dass sie heute zurückkommt – egal wie.

Sabreen entschuldigt sich, dass sie gestern den Stress veranstaltet hat, und erklärt: »Du kannst nicht zu uns. Es ist unmöglich, Marie.«

»Kann sein. Dann fahre ich zumindest bis Jerusalem und warte dort, bis ich zurückkann. Ich habe gehört, die Ausgangssperre bei euch soll bald aufgehoben und der Checkpoint wieder geöffnet werden.« Die Beerdigung Ibrahims sei normal verlaufen. Als Märtyrer habe man ihn gefeiert, »obwohl er von seinen eigenen Leuten erschossen wurde. Manchmal verstehe ich die Leute nicht. Nicht mal seine eigene Frau will es wahrhaben, was geschehen ist, niemand will es wissen.«

Dann knackt es im Hörer.

»Die Leitung ist tot«, sagt Sabreen.

Amer geht in Maries Zimmer und fährt den Computer hoch. Er sieht bei Aljazeera-Online nach, ob sie etwas zum Ausnahmezustand in Bethanien melden. Dschenin, nichts als Dschenin. Zusammenfassungen, Aktuelles, nichts über Bethanien, stattdessen ein Bericht über eine neue EU-Friedensinitiative, eine Idee des saudi-arabischen Königshauses, und eine Stellungnahme der USA. Alle Welt mischt sich in den Nahost-Konflikt ein, jeder hat gute Ratschläge, und doch bewegt sich nichts.

»Marie hat Mails bekommen«, sagt Amer.

»Das ist nicht gut«, sagt Sabreen und stellt sich neben Amer.

»Warum?«

»Weil die Israelis die Mails lesen. Ein Freund von Haya hat erzählt, dass sie alle Mails checken, ob bestimmte Wörter drin vorkommen.« Jetzt versteht Amer erst, warum es so wichtig für Khalil war, dass Omar den Plan für das Attentat von einem neutralen Rechner aus schickte.

»Was ist das denn für ein Typ?«

»Er arbeitet jetzt im Computerladen von Khalil, früher war er im Internetcafé Freeline in Alt-Jerusalem. Omar kennt ihn auch.«

»Dann weiß ich, wen du meinst«, sagt Amer. »Er stand an der Theke, als ich wegen Maries Rechner da war. Kennt Omar ihn gut?«

»Keine Ahnung. Warum willst du das wissen?«

»Weil mir im Laden alles ziemlich verschwörerisch vorkam«, druckst Amer rum. Es scheint, als würden die andern tatsächlich nichts wissen von dem geplanten Attentat und den Verbindungen zum Dschihad.

Dann sagt Tariq überraschend: »Vielleicht ist der Typ ja beim Dschihad – Omar kennt auch ein paar Dschihads.«

»Was erzählt ihr da für einen Schwachsinn?«, mischt sich Jamal ein. »Omar kennt Dschihads wie ich auch, wie jeder von uns. Wir sind alle Dschihads.«

»Ist ja gut, Mann. Du bist und bleibst eben ein alter Kämpfer«, sagt Tariq und schmunzelt. »Sei froh, wenn die Dschihads dich in Ruhe lassen.«

»Was gibt es da blöde zu grinsen, Tariq?«

»Mancher harte Kämpfer ist schon an einem geschwollenen Knöchel…« Weiter kommt Tariq nicht, da muss Sabreen laut loslachen, und Jamal selbst lächelt auch.

»Jedenfalls«, hebt Amer noch mal an und wird wieder ernst, »will ich von diesem ganzen Gerede nichts wissen. Für die Dschihads sind wir Christen schließlich Ungläubige.«

»Du nicht«, sagt Jamal. »Du gehörst zu uns. Nur deine jüdische Freundin nicht.«

Sabreen stockt der Atem. Gerade hat sie sich wieder mit Amer verbunden gefühlt. Sie fragt: »Bist du jetzt mit ihr zusammen?«

»Nein.«

»Warum hat sie dann heute früh angerufen?«

»Was?!« Von einer auf die andere Sekunde ändert sich Amers Miene. Er ist stinksauer. »Warum hast du mir das nicht gesagt? Bist du bescheuert?«

»Weil ich nicht dachte, dass es für dich so wichtig ist. Deine Eltern haben ihr erzählt, dass du bei uns übernachten musstest. Mit denen hat sie vorher telefoniert.«

»Was wollte sie?«

»Ruf sie an. Sie hat gesagt, du hast ihre Handynummer.«

Doch das Handy ist ausgestellt, denn in Mayas Schule sind Handys verboten. Es registriert Amers Anruf unter ANRUFE IN ABWESENHEIT, und während Maya im Physikunterricht gerade an Amer denkt, legt er den Hörer wieder auf.

»Ich werde heute in die Schule gehen. Ich will wissen, was da ist. Dschinn sind tagsüber bestimmt friedlich.«

Jamal ist überrascht von Amers Gesinnungswandel und seinem Interesse für den Dschinn.

»Ich komm mit«, sagt Tariq.

»Dann los.«

»Ich bleib hier«, sagt Jamal.

»Wegen der Israelis?«

»Nein, wegen dem Knöchel. Mein Fuß tut weh. Weglaufen geht damit nicht.«

»Dann bleib eben im Haus«, sagt Amer.

Während vor dem Haus auf der Hauptstraße Panzer und Jeeps stehen, ist hinten nichts los. Nur die öde, löchrige Asphaltstraße. An der Mauer zur Schule lehnt ein Container mit Müll. Sie springen drauf und schon sind sie rüber. Nichts zu sehen. Kein Dschinn, kein gar nichts.

»Die leuchtenden Augen kamen direkt aus der Haupttür«, sagt Amer. »Lass uns hingehen.«

»Merkwürdig«, wundert sich Amer. »Die Dschinn haben das Türschloss geknackt, obwohl sie doch eigentlich sogar durch Wände können.«

Im Flur stehen rechts und links Blechschränke, dann kommt das Lehrerzimmer, danach die Klassenräume. Stühle, Tische, Tafel, Landkarten, selbst gemalte Bilder, alles scheint normal. Nur im Raum der 7b stehen die Stühle wild durcheinander und auf dem Lehrerpult liegen Essensreste.

»Lass uns mal zum Computerraum gehen«, sagt Amer.

Tatsächlich. Dort scheinen ebenfalls Leute gelagert zu haben. Zudem läuft einer der vier Rechner. Amer hebt die Tasse neben dem Computer hoch. »Da ist noch Tee drin.« Er fasst sie an. »Warm.« Angst steigt in Amer auf.

»Guck dir die beiden Taschenlampen an.«

»Und?«

»Das sind die Augen von unserem Dschinn – zwei Typen mit Taschenlampen.«

»Lass uns verschwinden«, sagt Tariq. »Weg hier.«

»Ist das nicht Omars Jacke da über dem Stuhl?«

»Nein«, meint Tariq.

»Na klar ist sie das.«

Es kommen Schritte den Flur hinauf. Die Tür zum Computerraum geht auf, ein Kerl, breit wie ein Schrank, aber nicht allzu groß, setzt sich an den Tisch. Amer und Tariq haben es gerade noch geschafft, unbemerkt aus dem Fenster zu klettern – geduckt kauern sie darunter. Nach einer Weile lugen sie noch mal von außen hinein.

»Husams Vater«, sagt Tariq.

»Was macht der denn hier?«

»Klappe.«

Es wird laut in der Schule, ein Geräusch, das wie ein Rumpeln klingt, ein Schrei auf Hebräisch.

»Los, weg hier!«, befiehlt Tariq, und Amer rennt hinter ihm her, halb geduckt, am Schulgebäude entlang, dann klettern sie auf die Mauer. Amer dreht sich noch mal um, sieht israelische Soldaten, die vorn ins Gebäude rennen, erblickt Husams Vater, der auf ihn und Tariq zuläuft. Im selben Moment erscheint ein israelischer Soldat am Fenster des Klassenraums – schießt. Amer springt und hört ein MG – RATATATATA.

Totenstille.

Auf der Straße zwischen dem Waisenhaus und der Schule stehen Soldaten und zwei Jeeps. Zurück nach Hause können Amer und Tariq also nicht mehr. Sie verstecken sich hinter dem Müllcontainer.

»Hier können wir nicht bleiben«, sagt Amer. »Die Israelis haben uns bestimmt gesehen und suchen die Gegend ab.«

Tariq nickt.

Laute hebräische Stimmen hinter der Mauer – dann ist eine arabische, eine verängstigte Stimme zu hören.

»Sie haben Husams Vater gar nicht erschossen«, sagt Tariq. »Das ist seine Stimme.«

»Was hat er in der Schule gemacht?«

Tariq zuckt mit den Schultern.

Amer gibt seinem Freund ein Zeichen, er soll ihm die Mauer entlang folgen. Erst bietet ihnen der Container Deckung, dann kriechen sie durch Büsche, rennen nach vierzig Metern weiter über die Straße und verstecken sich neben Müllbeuteln vor einem Haus.

»An alle Bewohner! An alle Bewohner!«, schallt von der Hauptstraße die Stimme aus einem Lautsprecher. »Die Ausgangssperre ist aufgehoben!«

»Verstehst du das?«, fragt Amer.

»Vielleicht eine Finte?«

Die beiden warten sicherheitshalber in ihrem Versteck ab, sehen den Soldaten zu, die eine Packung Sesam-Cracker, gefolgt von zwei Flaschen Wasser, unter sich aufteilen. Dann setzen sich die Soldaten wieder in ihre Jeeps. Die Ausgangssperre ist tatsächlich vorbei und die ersten Bewohner der Häuser treten auf die Straße.

»Ich muss nach Hause«, sagt Amer.

Kaum hat er seine Eltern begrüßt, blafft ihn sein Vater an: »Omar hat dich gesehen, wie du gestern Nachmittag vor der Ausgangssperre über den Checkpoint zurückgekommen bist. Wo warst du?«

»Nirgends.«

»Wo?«

Amer zögert noch einen Moment, dann sagt er: »In Jerusalem – bei Maya.«

»Mehr hast du nicht dazu zu sagen?«

»Ich hab mich nur bei ihr bedankt. Immerhin hat sie mir das Paket geschickt.«

»Lass ihn in Ruhe«, sagt Hanan. »Wir können froh sein, dass ihm nichts passiert ist und diese Ausgangssperre endlich ein Ende hat.«

»Was sagen denn die andern aus dem Waisenhaus zu deiner Freundin?«, fragt George.

»Sie ist nicht meine Freundin. Ich hab mich nur bei Maya bedankt.«

»Und Marie?«

»Was soll mit Marie sein, Vater?«

»Sie ist doch vorgestern nach Dschenin gefahren. Ist sie wieder zurück?«

»Nein, heute Nachmittag oder am Abend. Hoffentlich.«

»Ich werde mit ihr reden«, sagt George.

»Worüber?«

»Ich hab gehört, dass das Waisenhaus in Verdacht steht, mit den Dschihads zu tun zu haben.«

»Glaub ich nicht«, sagt Amer.

»Hoffentlich. Sonst setzt du mir keinen Fuß mehr über die Schwelle. Es gibt hier so viele Gerüchte und so viele israelische Spitzel unter uns. Da ist schnell was gesagt und passiert. Ich hab keine Lust, aufzufallen und mir alles zu versauen.«

Bevor Amer noch etwas sagen kann, fährt seine Mutter dazwischen: »Schon, George. Aber Marie ist Schweizerin. Da kann jeder an zehn Fingern abzählen, dass sie nicht mit dem Dschihad sympathisiert. Schließlich sind wir Christen.«

»Es wird viel geredet. Ich will selbst mit ihr sprechen.«

Hanan unterbricht die Diskussion mit einer Schüssel Kichererbsen-Mousse und Fladenbrot. Sie stellt beides auf den Tisch und bekreuzigt sich. Amer und George tun es ihr nach und beten.

»Kennst du eigentlich Husams Eltern?«, fragt Amer seinen Vater.

»Natürlich«, sagt Hanan. »Sie hatten früher ein Stück Land mit Olivenbäumen im Süden von Jerusalem. Das haben sie an die israelische Regierung verkauft. Jetzt steht dort eine Siedlung, in der russische Juden leben.«

George nickt.

»Freiwillig verkauft?«

»Ich glaub schon«, sagt George. »Sie erzählen es allerdings anders. Warum interessieren dich plötzlich Husams Eltern?«

Amer reißt wie sein Vater ein Stück Fladenbrot ab, rupft es auseinander und tunkt es in die Schüssel Mousse. »Weil sie heute Husams Vater verhaftet haben.«

»Das geht uns nichts an«, sagt George streng.

»Genau«, bekräftigt Hanan. »Vielleicht hat er ja was mit den Dschihads zu tun. Das ist ganz allein seine Sache.«

»Alle haben etwas damit zu tun – irgendwie«, erklärt George. »Seit den Kreuzzügen gibt es diese Dschihads, und sie verteidigen ihren heiligen muslimischen Boden gegen alle Feinde, und dazu gehören auch wir.«

»So ein Quatsch«, sagt Amer.

»Frag Marie. Sie wird dir nichts anderes erzählen. In diesem Fall sitzen wir mit den Juden in einem Boot.«

»Du hast was gegen Sabreen und die andern, stimmt's, Vater?«

»Dein Vater will nur das Beste für dich«, erklärt Hanan und legt ihre Hand beruhigend auf die von George.

Der aber sagt schroff: »Geh auf dein Zimmer, Amer.« Sein Vater möchte nichts mehr von dem Thema hören.

»Und gegen Maya bist du auch!«, bricht es aus Amer heraus. Er hat Tränen in den Augen. »Du willst, dass ich eine Christin heirate, so wie du Mama geheiratet hast. Nichts anderes willst du. Du bist genauso verbohrt wie die andern Idioten hier. Warum kann ich keine Jüdin gernhaben? Was soll das?«

»Was redest du da von Heirat? Wer hat dir das in den Kopf gesetzt? Du kannst gar keine Jüdin heiraten. Schließlich gibt es in diesem Land keine Standesämter, nur religiöse Trauungen. Also müsstest du Jude werden oder diese Maya Christin. Geht dir das in den Schädel?« Vor lauter Erregung ist George ein Stück Fladenbrot aus der Hand gerutscht, das langsam im Brei versinkt.

»Es wird sich schon ein Weg finden«, sagt Amer, während George sein Stück Fladenbrot zu retten versucht und es mit spitzen Fingern aus der Mousse zieht.

»Verfluchter Mist! Sieh dir das an!«, brüllt er und hält nur noch ein Ende des durchgeweichten Fladenfetzens in der Hand. Der Rest ist auf seine Hose gefallen. »Alles versaut! Und dieses ganze Gerede bringt überhaupt nichts! Du hast keine Chance hier, Amer, genauso wenig wie ich. Wann geht dir das endlich in den Kopf? Wir haben keine Chance mehr in diesem Land!«

»Nein.«

»Was soll das heißen?«

»Ich werde mich einmischen«, sagt Amer.

Statt in sein Zimmer geht er raus.

Der Checkpoint ist immer noch dicht, die Soldaten lungern herum, trinken Mokka, und zwei von ihnen spielen an einem Klapptisch Karten. Der dritte passt auf – wie es scheint, auf nichts. Niemand steht an. Langeweile. Drüben im Computerladen brennt Licht.

Amer antwortet dem Verkäufer nur mit einem Kopfnicken, als er eintritt und gefragt wird: »Alles in Ordnung im Waisenhaus?« Dann sagt Amer: »Ist Omar da?«

»Du kennst den Weg«, meint der Verkäufer und zeigt auf die Tür zu den Hinterzimmern. »Omar ist mit Husam hinten bei den Rechnern.«

Tatsächlich. Khalil und die beiden hocken zusammen. »Komm rein«, sagt Khalil. »Tee?«

»Nein. Wir haben uns Sorgen um dich gemacht«, sagt Amer zu Omar. Für einen Moment ist er abgelenkt. Denn es riecht merkwürdig hier drin nach Ziege. In all den Elektrosmog hat sich der Geruch aus Husams Klamotten gemischt.

Khalil faltet währenddessen den Plan, den Amer schon in der Nacht gesehen hatte, auffällig ruhig zusammen und legt ihn in eine Schublade. Dann zieht er ein letztes Mal an der Zigarette, lässt sie fallen und tritt sie auf dem Steinboden aus. Khalil ist ruhig, so ruhig, dass es Amer nervös macht.

»Warst du die ganze Zeit hier, Omar?«

»Bist du neugierig?«, entgegnet Omar, der an seinem Ohrläppchen zupft.

»Niemand weiß, wo du bist«, sagt Amer vorwurfsvoll.

»Lieb von euch, dass ihr euch Sorgen macht«, lenkt

Omar ein. »Ich hab einen neuen Job hier bei Khalil und eine Wohnung werd ich mir auch besorgen.«

»Das geht aber schnell.«

»Zufälle sind wie Unfälle. Sie kommen schnell und unerwartet.«

Zu Husam gewandt, sagt Amer: »Ich hab heute deinen Vater gesehen.«

»Wird er mir sicher nachher erzählen.«

»Das glaub ich nicht.«

»Wieso?«

»Weil die Israelis ihn festgenommen haben – auf dem Schulhof. Er hat irgendwas im Computerraum der Schule gemacht.«

»O nein.« Husams dunkles Gesicht scheint blass zu werden.

Amer sieht, wie Khalil seinen Zeigefinger auf die Lippen legt und Husam eindringlich anschaut.

Omar geht dazwischen und meint: »Sicher ein Versehen. Sie werden ihn bald wieder entlassen. Die Israelis sind nervös. Die nehmen jeden fest, der keine Flügel hat.«

»Deine Jacke lag übrigens im Computerraum, Omar.«

»Welche?«

»Die Wildlederjacke.«

»Kann gar nicht sein. Die ist bei Khalil zu Hause.«

Khalil nickt. »Genau.«

»Ich hätte schwören können.«

»Das solltest du lieber nicht, Amer«, sagt Khalil. »Es gibt schon so viele, die schwören, und viel zu viele Gerüchte und viel zu viele Verräter, die sterben mussten, obwohl sie eigentlich nichts wussten. Es ist manchmal besser, sich nicht einzumischen.«

»Mag sein«, sagt Amer.

»Du solltest jetzt gehen.« Khalil bewegt sich zur Tür und öffnet sie zum Hof hinaus. »Du kennst ja den Weg. Es ist besser für dich, du gehst. Ich mag dich, sonst würde ich dir nicht diesen Rat geben.«

»Was ist mit Husams Vater?«, fragt Amer, als Jamal ihm die Tür vom Waisenhaus öffnet.

»Wieso?«, fragt Jamal zurück.

»Ich versteh das nicht. Husam sitzt mit Khalil und Omar zusammen, und sie tun so, als wär es nichts Besonderes, dass die Israelis Husams Vater festgenommen haben. Da kann doch was nicht stimmen.«

»Keine Ahnung«, sagt Jamal. »Husam ist ein seltsamer Vogel.«

»Hast du wirklich keine Ahnung oder weißt du längst Bescheid und verheimlichst mir was?«, fragt Amer.

Möglicherweise hat ja Omar Jamal schon angesprochen, vielleicht hintergeht ihn sein Freund die ganze Zeit.

»Von was redest du überhaupt? Ich weiß nichts.«

»Aber ich will es wissen«, erklärt Amer. »Vielleicht ist ja Husams Vater ein Verräter.«

»Was soll der denn verraten? Wie man Ziegen hütet?«

»Die Geschichte in unserer Schule war doch komisch. Ich bin ganz sicher, es war die Wildlederjacke von Omar.«

»Aber der hat seine doch.«

»Woher weißt du das?«

»Weil er mich angerufen hat. Omar meint, du wärst ein bisschen durch den Wind.«

»Was hat er sonst noch erzählt?«

»Nichts.«

»Glaub ich nicht.« Amer durchzuckt Jamals Aussage wie ein Blitz. Hat er sich so in seinem Freund getäuscht? »Da muss mehr sein. Belüg mich nicht, Jamal.«

»Dein Problem, wenn du mir nicht glaubst. Ich mach mich jetzt zum Beten fertig.«

»Entweder ihr sagt mir die Wahrheit oder ...«

»Oder was?«, fährt Sabreen dazwischen. Sie hat in Maries Zimmer vor dem kleinen Fernseher gesessen und eine Soap geguckt. »Was willst du denn erzählen? Ich denk, du weißt nichts.«

»Hab kapiert«, sagt Amer eingeschnappt. »Richtig dazu gehöre ich eben doch nicht.«

Sabreen nickt. Ihr Gesicht wirkt wieder wächsern. Sie hat lila Lidschatten aufgelegt, der ihre Augen noch dunkler macht. »Du bemühst dich ja auch nicht, dazuzugehören. Aber das kommt vielleicht noch, Amer.«

Amer würde am liebsten heulen. Eben diese Geschichte mit seinem Vater, dann Khalils Verhalten im Computerladen, Jamals Lüge und nun noch Sabreen. »Was soll ich denn noch tun? Soll ich mich auch in die Luft sprengen? Ihr seid ja alle völlig durchgeknallt.«

»Beruhig dich, Amer. Wir haben nur keine Lust, uns diesen ganzen Mist von den Israelis bieten zu lassen.«

»Ich auch nicht.«

»Dann komm zu uns«, sagt Jamal.

»So hab ich das nicht gemeint«, faucht Amer zurück. »Ich lass mir das von euch nicht mehr bieten. Ich gehöre zu euch, und ich will endlich wissen, was das mit Husams Vater auf sich hat. Warum haben ihn die Israelis nicht gleich erschossen?«

»Das wissen wir nicht«, sagt Jamal. »Sie halten ihn fest, so wie sie viele von uns festhalten.«

»Von uns. Wenn ich das schon höre. Wer ist das?«

»Na, wir.«

»Ihr Moslems, oder was?«

»Ja. Und ich verheimliche dir nichts. Glaub's mir, Amer.«

Amer geht gar nicht mehr auf Jamal ein. Er ist sich sicher, dass Omar und Jamal schon über das Attentat gesprochen haben. Er sagt: »In diesem Land leben aber auch viele Christen. Vergesst das nicht.«

»Ihr seid euch doch selbst nicht einig. Die Kopten verstehen sich nicht mit den Protestanten, die Katholiken nicht mit den Orthodoxen, die Armenier nicht mit den Syrern. Ihr habt hundert Zungen, wir nur eine. Das ist unsere Kraft. Sie gibt uns die Kraft zum Dschihad.«

»Aber wir sind alle Palästinenser«, sagt Amer.

»Und Maya?«, funkt Sabreen dazwischen.

»Sei still, Sabreen«, sagt Jamal. »Lass die Jüdin einfach mal aus dem Spiel.«

»Eifersüchtige Krähe«, fährt Amer Sabreen an. »Du erträgst es nur nicht, dass ich sie liebe.«

Sabreen will ihn ohrfeigen, doch Amer hält ihren Arm fest.

»Lass sie«, sagt Jamal. »Sie soll dich ruhig schlagen. Es tut dir weniger weh, als es ihr guttut.«

Amer gehorcht und sagt: »Schlag mich doch.«

Sabreen dreht sich um, läuft in Maries Zimmer und wirft die Tür hinter sich zu. Dann dreht sie den Fernseher laut, so laut, dass die Stimmen durch das Haus dröhnen wie sonst nur die Worte des Muezzins.

»Die spinnt«, sagt Amer.

»Du auch.«

»Was soll ich denn noch tun?«

»Nichts. Find dich einfach damit ab, dass du nicht das richtige Herz hast.«

»Aber du. Ihr und euer scheiß Heiliger Krieg.«

»Wir sitzen in einem Boot, Amer. Wenn wir nicht die Juden aufhalten, dann hält sie niemand mehr auf. Sie werden erst Ruhe geben, wenn sie ihr Groß-Israel haben, ihr Reich zwischen Euphrat und Nil, vom Irak bis nach Ägypten. Das ist ihr Ziel und die Amis werden ihnen dabei helfen. Glaub's mir. Der Zionismus lebt und er ist gefährlich.«

»Du spinnst!«

»Und du bist trotzdem mein Freund«, sagt Jamal ruhig.

Amer weiß nicht, was er sagen soll. Er glaubt ihm nicht. Ein Freund würde ihn nicht so belügen, ihm nicht verheimlichen, dass er sich selbst in die Luft sprengen wird, um andere zu töten. Ein Freund würde das nicht tun. Tränen schießen ihm in die Augen.

»Ich glaube dir nicht, Jamal. Ich kann dir einfach nicht

mehr glauben. Ich denke, ihr steckt alle unter einer Decke, und da drunter ist kein Platz für mich.«

Jamal will ihn in die Arme nehmen, aber Amer wendet sich ab. Er hat nichts mehr in seinem Kopf, keinen Raum für keine Gedanken, nur Tränen. Und er rennt weg.

12.

Hanan und George sitzen vor dem Fernseher. Im israelischen Parlament, der Knesset, wird über den Schutzwall – die Mauer – diskutiert, während bei Bethlehem die Mauerstücke schon aneinandergesetzt werden. Bagger, mit denen sonst die Reste der palästinensischen Häuser weggefegt werden, heben Gräben aus, in denen die mächtige Mauer verankert wird. Betonplatten.

»Farid, mein Bruder, hat geschrieben.«

»Geht es ihm gut, Mama?«

»Ja, er lebt in Pasadena, in Kalifornien. Er leitet jetzt eine eigene Arbeitsgruppe von Genetikern.«

»Ich hasse Amerika«, sagt Amer. »Die bezahlen die Mauer.«

»Na, na. Immerhin wohnt dein einziger Onkel in Kalifornien. Und es gibt dort sicher auch viele nette Leute.«

»Die Geld für diese Mauer geben, damit uns die Israelis einsperren.«

»Farid gibt kein Geld«, sagt George.

»Doch, mit seinen Steuern. Er ist doch jetzt Amerikaner, oder nicht?«

»Lass gut sein, Amer. Farid ist dein Onkel und du hast ihn früher lieb gehabt. Stimmt's?«

Amer nickt und zeigt auf den Bildschirm: »Und was

wird das da? Die wollen uns einsperren wie Tiere, diese Idioten.«

»Kann sein«, sagt George. »Aber hier in Bethanien geht das doch sowieso nicht. Hier müsste die Mauer riesig werden, wie damals in Berlin. Bethanien liegt wie ein Schlauch an der Straße.«

»Wenn die wollen, geht alles. Die Juden bekommen von überall Geld«, sagt Amer.

»Deshalb halten wir uns auch an unsere Leute.«

»Du bist naiv, Vater.«

»Wie meinst du das?«

»Na, deine Freunde. Das sind eigentlich gar nicht deine Freunde.«

»Wen meinst du konkret?«

»Na, die Männer im Café. Wenn es drauf ankommt, dann bist du für sie nur ein Christ – glaub's mir.«

»Ich weiß, aber darauf kommt es nicht an. Noch gibt es keinen Keil zwischen uns. Wir sind alle Palästinenser, wie dein Onkel Farid auch.«

»Ach ja? Und warum wandern die ganzen Christen ab aus Palästina? Doch nur, weil wir keine wirklichen Palästinenser sind, weil irgendwelche radikalen Dschihads oder Hamas-Leute mitten aus unsern Vierteln heraus die Juden beschießen, und wenn die sich dann wehren, treffen sie ausgerechnet unsere Häuser. So sieht es doch aus. Praktisch für deine Freunde. Wir sind nichts – dabei ist das hier genauso unser Land wie das der Juden oder Moslems.«

»Bist du jetzt ein Kreuzritter?«, sagt George. »Wart ab, was geschehen wird. Unsere Zeit kommt noch.«

Und Amers Mutter sagt: »Setz dich hin und sieh ein bisschen mit uns fern.«

»Nein, ich hab keine Lust mehr zuzugucken.«

Es geht um die Grabungen und Theorien Finkelsteins, des Chef-Archäologen der Universität Tel Aviv. Er sagt, es habe nie einen Auszug jüdischer Stämme aus Ägypten gegeben und David und Salomon hätten kein bedeutendes Reich besessen.

»Sieh dir das an, Papa. Trotzdem feiern die Israelis munter weiter ihr Pessachfest, als gäbe es keine Fakten. Sie knabbern die koscheren Mazzen, trinken Kiddusch-Wein und schicken sich Grußkarten zu Pessach. Das ist doch alles unglaublich.«

»Wer weiß, ob das alles so stimmt. Es wurde auch schon mal behauptet, dass Jesus nicht gelebt hat. Man darf nicht alles glauben.«

»Ach. Aber dieser Finkelstein ist Israeli.«

»Du solltest heute mal früh ins Bett gehen«, sagt George. »Ruh dich ein paar Stunden aus. Dann sieht die Welt schon wieder besser aus.«

»Und was denkst du, Mama?«

»Maya hat hier angerufen. Das Mädchen möchte noch was von dir.«

»Hat sie gesagt, was?«

»Nein.«

»Triffst du sie heute?«

»Nein, Papa. Natürlich nicht, aber ich werd mich jetzt nicht ins Bett legen. Ich geh noch mal raus.«

»Na, vielleicht tut dir das auch gut«, sagt Hanan. »Geh

ruhig ein bisschen.« Sie sagt es nicht ironisch, aber Amer fühlt sich behandelt wie ein kleines Kind.

Ohne zu zögern, läuft er zur Telefonsäule.

»Können wir uns sehen?«

Maya ist überrascht, fragt ihn jedoch sofort: »Wann?«

»Jetzt.«

»Aber ...«

»Sag bitte nicht Nein, Maya. Ich muss dich sehen. Es geht mir schlecht.«

»Mir auch. Papa hat gemerkt, dass ich ihn belogen hab. Er will wissen, wo ich war, als wir uns getroffen haben. Jetzt darf ich das Haus nur noch verlassen, wenn ich einen wirklichen Grund hab wie Schule oder Turnen – nur dann.«

»Wann können wir uns sehen?«, wiederholt Amer seine Frage.

»Ich ruf dich gleich von der Zelle an. Sag mir die Nummer.«

Amer sucht verzweifelt eine Telefonnummer. »Hier gibt es keine Nummer. Ich ruf dich an – in zehn Minuten.«

Amer hängt ein. Er kann keinen klaren Gedanken fassen und setzt sich auf die Bordsteinkante, blickt zwischen den Häusern auf der gegenüberliegenden Straßenseite hindurch ins Tal. Karge Berge, Steine, wenig Grün. Steine sind das Brot der Erde. Steine schlagen keine Wurzeln. Steine nehmen kein Wasser auf. Amers Gedanken flirren. Acht Häuser stehen dort unten unbewohnt in einer Reihe. Zerfallen. Kariös. Als müssten sie aus der Erde gezogen werden.

Zahnlücken.

Claire kann durch ihre Zahnlücken pfeifen. Sie tut es nur, wenn sie allein ist. Amer kennt Claire aus Erzählungen von Marie. Das Gesicht voller Furchen, verbrannt von der Sonne, aufgebraucht von der Arbeit. Claire hat über 30 Jahre ein Waisenhaus bei Bethlehem geleitet. Heute ist sie Rentnerin, aber sie will nicht zurück in die Schweiz. Überall in ihrem Haus stehen Töpfe, Plastikschüsseln und Becher herum. »Ich hab einen Tick«, sagt Claire. Sie sammelt Wasser, wo sie nur kann. Kein Tropfen soll der Welt verloren gehen. Amer sieht auf die Uhr in Schirins Bäckerei. Sie ist aus Plastik, mit einem barocken Rahmen, der golden glänzt wie die Brote, die Schirin vor dem Backen mit Eigelb bestreicht. In Claires Mund glänzt kein Gold, keine Krone und keine Brücke, kein Gebiss. Sie nimmt die Plastikschüssel, die im Spülbecken steht, und trägt sie vorsichtig hinüber zur Toilette. Dann schüttet sie das Wasser in die Kloschüssel und spült ihren Kot mit dem Spülwasser ab. Keinen Tropfen vergeuden. Überall Schüsseln. Sie fangen das Wasser. Claire wäscht sich die Hände und sieht auf die Schüssel im Waschbecken. Wenn die Schüssel voll ist, nimmt sie sie, stellt sie ins Spülbecken und wäscht darin das Geschirr, wenn es wirklich schmutzig ist. Und so dreht sich der Kreis und die Uhr in Schirins Bäckerei zeigt 15.10 Uhr. Amer geht wieder zur Telefonsäule, wählt Mayas Nummer.

»Ich hab Zeit«, sagt sie. »Wir können uns sehen. Ich hab die Nase voll. Mein Vater hat Nein gesagt. Soll er doch. Ich werd trotzdem gleich durch die Haustür gehen und abhauen. Wenn er schreit, gehe ich einfach weiter.«

Amer hört Mayas Worte, und er spürt die Blicke seines Vaters auf seinem Rücken: »Papa?« Amer dreht sich um, und in den Hörer sagt Amer zu Maya: »Warte einen Moment, bitte.«

»Was machst du hier, Amer? Warum telefonierst du nicht von zu Hause?«

»Ich ruf Maya an«, sagt er, und Maya fragt am andern Ende der Leitung: »Was ist los, Amer? Was passiert da gerade?«

»Nichts, Maya«, und wieder zu seinem Vater: »Ich fahr gleich zu ihr, Papa.«

»Das wirst du nicht tun.«

»Doch!« Und zu Maya: »Wir treffen uns an der gleichen Stelle wie beim letzten Mal.«

Maya sagt Ja und Amer legt auf.

Sein Vater zerrt ihn an der Jacke.

»Willst du mich zwingen, hier zu bleiben, Vater?«

»Nein. Du kannst gehen, aber komm nicht mehr zurück. Du hast mich belogen.«

»Ich hab dich nicht belogen, ich hab nur telefoniert. Ich kann machen, was ich will.«

George hebt seine Rechte, die scheint noch eine Sekunde in der Luft zu schweben, so als wolle er sich davon überzeugen, dass niemand beobachtet, was hier geschieht, dann brennt Amers Ohr.

Er läuft fort. Amers Vater sieht seinem Sohn nach, wie er zum Checkpoint läuft und seine Jacke öffnet, den Pulli lupft. Nein, kein Sprengstoffgürtel. Er darf passieren, während Claire in Bethlehem die grüne Lampe in ihr

Fenster stellt. Wenn die Kinder die Lampe sehen, wissen sie, dass Claire Zeit für sie hat, mit ihnen spielt – auch wenn sie längst Rentnerin ist. Sie hat die Spiele selbst gebastelt, ein *Memory*, eine Art *Mensch ärgere dich nicht*, *Fang den Hut*. Die Mütter und Väter spielen solche Gesellschaftsspiele nicht mit den Kindern. Sie halten es für sinnlos, sich gemeinsam mit ihnen zum Spiel zu setzen. Die Schweizerin hat früher mit den Müttern darüber diskutiert – erfolglos. Claire sieht die Lampe an, eine Glühbirne mit einem Metallkorsett und einem grünen Transparentpapier drum herumgewickelt. Dünnhäutig. Sie knipst den Schalter an. Doch heute wird wieder niemand kommen. Ausgangssperre in Bethlehem und vor ihrem Fenster geht die gleiche Sonne unter wie gerade über den Dächern von Jerusalem.

Dort sitzen Maya und Amer auf dem Dach der Erlöserkirche. Sie hält seine Hand und sagt: »Mein Vater ist wahnsinnig geworden. Er verbietet mir mittlerweile alles. Ich weiß nicht, was das soll.«

»Ich schon. Er will dich nicht verlieren.«

»Was ist das denn für ein Spruch?«

»Er ist dein Papa.«

»Komm mir nicht mit so was. Den gleichen Satz hat mein bescheuerter Bruder auch schon gebracht.«

Amer geht nicht weiter drauf ein, sondern sieht hinüber zur goldenen Kuppel des Felsendoms. »Warum hat Sharon das getan?«

»Was meinst du?«

»Na, warum ist er vor zwei Jahren dort auf den Tempelberg gestiegen und hat den ganzen Platz abgeriegelt? Wenn er das nicht gemacht hätte, dann ...«

»Dann hätte es einen andern Grund gegeben, warum sie sich heute bekriegen. Es gibt zwischen unsern Völkern immer einen Grund.«

»Vielleicht. Aber für dich und mich wäre es auf alle Fälle einfacher, wenn Sharon noch ein paar Jahre gewartet hätte. Dann hätten wir jetzt noch Frieden und wir könnten uns ganz offiziell sehen.«

»Und mein Vater hätte sicher trotzdem einen Grund gefunden, mir den Umgang mit dir zu verbieten. Der ist nur nach außen tolerant. Wenn's um seine Tochter geht, glaub mir, hat alle Toleranz ein Ende. Die sind alle so bei ihm im Büro.«

»Wo arbeitet er eigentlich?«

»Er ist Archäologe. Sie erkunden das Gebiet am Tempelberg.«

»Hört sich spannend an.«

»Ist es auch. Gibt aber Spannenderes.«

»Was denn?«, fragt Amer und nimmt Maya fest in den Arm.

»Meinst du, der sieht zu uns rüber?«

Drüben sitzt wieder der Polizist in seinem Hochstand und bewacht die Szene. Da das Wetter gut ist, sind viele Juden auf den Dächern unterwegs. Einige von ihnen hasten, um noch etwas einzukaufen, denn die arabischen Geschäfte unten im christlichen Viertel haben heute mal wieder geöffnet. Weil sie preiswerter sind als die jüdischen, kaufen einige Juden gern dort ein, egal wie groß die

Feindschaft ist. Und den Arabern scheint es auch egal, ob die Shekel von einem Juden sind oder nicht.

»Ich hasse meinen Vater.«

»Ich nicht«, sagt Amer. »Ich versteh ihn nur nicht mehr. Vielleicht will er mich auch nicht verlieren, keine Ahnung.«

»Warum redest du eigentlich noch so gut über ihn? Er ist doch genauso bescheuert wie meiner.«

»Kann sein.« Amer hat keine Lust auf eine solche Diskussion. Er will Maya küssen. Er hält sie im Arm und sein Gesicht ist dicht an ihrem. »Kann ich dich küssen und das alles einfach mit dir vergessen?«

»Klar«, sagt sie. »Aber lass uns hier weggehen. Dieser Polizist da oben stört mich.«

»Schon gut. Und wohin?«

Maya zeigt über die Schulter hinter sich.

»In den Garten vom Hospiz?«

Sie nickt.

»Aber der Polizist.«

»Er wird uns schon nichts tun. Den interessiert nicht, wer über die Mauer in den Garten der Erlöserkirche klettert. Das interessiert höchstens die Leute von der Erlöserkirche und die sind nicht da.«

»Woher weißt du das?«

»Siehst du jemanden? Ich nicht.«

Amer lacht. »Weil du nicht über die Mauer schauen kannst.«

»Aber gleich«, sagt sie, und er muss ihr Hilfestellung geben, damit sie hinüberklettern kann.

»Was ist?«, fragt er. »Ist die Luft rein?«

»Ganz rein.«

»Zieh mich rauf.«

Sie hilft ihm und dann sieht er zum ersten Mal den Hospizgarten der Erlöserkirche. Dort steigen normalerweise evangelische Pilger aus aller Welt ab. Vor zwei Wochen hat der Probst jedoch das Hospiz geschlossen, um es zu renovieren. Maya und Amer sind allein, allein in diesem blühenden Frühlingsgarten. Sonst ist Jerusalem Stein, eine Stadt voll lebender Steine, aber hier im Garten gibt es Mohnblumen, einen Zitronenbaum, weiße Orchideen, Fächer-, Zwerg- und Bergpalmen. Ein großer Philodendron und Farne flankieren die Wege.

»Unglaublich«, sagt Amer. Er springt von der Mauer, drückt Maya noch einen Kuss auf die Wange und läuft hinüber zur Gartentür, die ins Hospiz führt. Verriegelt. Die Gitter davor sind in derselben Cremefarbe wie die großen hellen Steine des Gebäudes gestrichen.

»Guck dir das an!«, ruft Maya. »Eine Schildkröte.«

Das Tier scheint allein zu sein, jedenfalls ist kein Artgenosse zu sehen. Offensichtlich haben es der Probst und die Angestellten vergessen. Es wankt auf den Eingang einer kleinen Laube zu, die eine Stufe nach unten im Garten liegt. Normalerweise dient sie wohl dazu, dass es sich die Gäste hier bei Regen gemütlich machen können.

»Abgeschlossen?«, fragt Amer die Schildkröte und lächelt dabei Maya von der Seite an. Sowohl Schildkröte als auch Maya schweigen. Amer drückt die Tür zur Laube auf. »Sieh dir das an«, sagt er. In der Hütte lehnen Liegestühle an der Wand, Kissen und Decken liegen auf einem Tisch davor.

»Was glaubst du, wie lange hier schon keiner mehr war?«, fragt Maya.

»Nicht allzu lange, sonst wär es hier nicht so sauber«, sagt Amer. »Keine Spinnweben.«

»Romantisch bist du nicht gerade«, sagt Maya.

»Weiß nicht. Kommt drauf an.«

»Worauf?« Maya geht auf ihn zu, gefolgt von der Schildkröte, und drückt ihm einen Kuss auf den Mund. »Es ist ein guter Ort, um zu vergessen«, sagt Maya und kuschelt sich bei Amer in den Arm. Amer spürt wieder diese unendliche Wärme. Er legt sein Kinn auf ihre Stirn und sieht auf die Wand der Hütte. Das Holz ist dunkelgelb und voller Astungen. »Es hat gelebt.«

»Was?«

»Das Holz.«

»Red keinen Stuss«, sagt Maya, küsst ihn und würde am liebsten einfach mit ihm auf den Boden sinken, aber Amer unterbricht sie: »Wir sollten die Liegen nebeneinanderstellen. Das ist bequemer.«

»Stimmt. Das ist bequemer«, bestätigt Maya lachend und hilft. »Du bist schon ein komischer Kauz. Ich weiß nie genau, was du als Nächstes sagst.«

Amer reagiert nicht drauf, sondern sagt nur: »Na, siehst du. Es geht doch.«

Die beiden Liegen passen genau in den kleinen Raum, in dem es jetzt wärmer geworden zu sein scheint.

»Wo ist denn die Schildkröte?«

»Hat sie einen Namen?«

»Vielleicht Siebenstern.«

»Warum?«

»Weil ich diesen jüdischen Namen schön finde. Sie soll Siebenstern heißen.« Dann ruft er: »Siebenstern, wo steckst du?«

»Lass Siebenstern in Ruhe«, sagt Maya. »Er muss sich aufwärmen.« Maya reibt ihre Wange an Amers und sie legen sich hin. Amers Wut über seinen Vater ist verflogen. Niemand wird hier in seine Gedanken dringen, keiner seiner Leute hier hinaufkommen. Hier ist er mit Maya allein.

Maya küsst sein Ohr.

Das kitzelt, will er sagen, aber er schweigt. Es kitzelt nicht wirklich. Es tut gut. Er hört ihren Atem, spürt die feuchte Wärme, als ihre Hand auf seinem Shirt liegt und sie oben in seinen Ausschnitt greift, um seine Brust zu streicheln.

»Zieh den Pulli aus«, sagt sie.

»Mir ist kalt«, lügt er und merkt, wie ihm vor Aufregung das Blut ins Gesicht schießt.

»Es ist nicht kalt.«

Bin ich rot im Gesicht?, fragt sich Amer und lässt Maya ihm seinen Pulli ausziehen. Die beiden liegen dicht nebeneinander. Mayas Känguru-Pulli mit Kapuze gleitet langsam zu Boden – auf Siebenstern. Der kriecht weg.

»Da ist Siebenstern«, sagt Amer.

»Und hier bin ich.«

Es gibt kein Zurück mehr. Sämtliche Fluchtwege abgeschnitten. Da sind Maya und er und nichts weiter. Er küsst sie und versucht, ihre Bluse aus ihrer Hose zu ziehen, und kann sich dabei nicht so recht auf den Kuss konzentrieren. Dann hilft ihm Maya und öffnet einfach ihre Hose. »So ist es besser.« Und führt seine Hand zu ihr.

Amer ist nervös. Nur nicht versagen. Jetzt muss alles klappen – alles.

»Ist es das erste Mal für dich?«, fragt Maya und öffnet seine Hose.

Amer küsst, statt zu antworten.

Sie fragt nicht noch mal nach, sondern schweigt und spürt, dass sie zwar etwas Warmes in ihrer Hand hält, aber es ist weich. Sie reibt, langsam, vorsichtig, langsam, vorsichtig, und zieht ihm die Hose aus. Siebenstern ist wieder bei der Tür angelangt und geht ins Freie.

»Ich liebe dich, Amer«, sagt Maya und zieht seinen Kopf zu sich herunter, während er sich in ihr ausbreitet.

»Ich dich auch.«

Siebenstern ist draußen. Es wird langsam dunkel und sein Panzer schabt mit jedem Schritt leicht über den Boden. Unter einem der Farne wird er die Nacht verbringen.

»Maya! Hast du das gehört!«

»Was?«, sagt Maya.

»Hast du den Knall gehört?«

»Nein.«

»Wir müssen raus. Irgendwas Schreckliches ist passiert.«

»Jetzt beruhig dich, Amer. Du hast nur geträumt.«

»Aber …«

»Das einzig Schreckliche wird mein Vater sein. Der wird mich nämlich rausschmeißen, wenn ich erst morgen früh nach Hause komme. Ich muss zurück zu meinen Eltern.«

Amer sieht auf Mayas Uhr, die neben ihnen auf dem Boden liegt. Er kneift die Augen zusammen, dann hebt er sie hoch. »Es ist gleich morgen früh.«

»Wie bitte?!«

»Wir sind eingeschlafen, Maya.«

»Dann ist alles egal.«

Amer nimmt sie in den Arm und sagt: »Stimmt. Wir zwei gehören jetzt zusammen.«

Maya sagt nichts dazu und denkt nach.

»Was ist los, Maya?«

»Mein Vater flippt garantiert aus.«

»So schlimm wird's schon nicht werden.«

»Doch, glaub's mir. Der ist noch einer der Geschädigten.«

»Was meinst du denn damit?«

»Der hat den ganzen Müll von Opa noch mitgekriegt.«

»Versteh ich nicht.«

»Na, den Nazimüll aus dem KZ. Mein Opa hat seine Angst aus dem KZ mitgebracht und sie meinem Vater eingepflanzt. Darum sieht der jetzt überall nur Feinde. Aber das ist zu kompliziert«, sagt sie. »Jetzt ist es ohnehin zu spät.«

Sie küsst Amer auf die Brust. »Ich mag diese dunklen Haare«, sagt sie, »aber ich hab Angst.«

»Ich auch«, meint Amer. »Eben hat es, glaub ich, eine Explosion gegeben.«

»Träum ich auch manchmal. Ich erwach dann und hör nur das Wasser, wie es vom Dach runtertropft.«

»Wir müssen zusammenhalten«, sagt Amer.

»Sicher. Wenn uns die andern lassen.«

»Es war für mich das erste Mal«, verrät Amer und kann die Worte nicht mehr zurückholen. Wie peinlich. Warum hat er das nur gesagt? Das klingt total kitschig, denkt er.

»Ich weiß«, antwortet Maya etwas zu kühl. Eine schlechtere Antwort hätte sie kaum geben können.

Amer reagiert prompt sauer, weil er sich in seiner Ehre gekränkt fühlt: »Für dich war es sicher nicht das erste Mal.«

»Nein.«

»Mit wem hast du denn schon geschlafen?«

»Das erste Mal war mit Izik.«

»Deinem Bruder?« Amer ist entsetzt.

»Blödsinn, ein Mann, der schon sein Abitur hatte, als ich gerade erst in die zehnte Klasse kam. Dieser Izik hatte nichts als Basketball im Kopf und fuhr zu jedem Spiel der Maccabi Tel Aviv – unglaublich.«

Amer fühlt sich plötzlich unwohl.

»Es ist kühl hier drin«, sagt er.

»Findest du?«

»Bis eben war mir auch noch warm.«

»Das ist der Morgen. Ich hab mal gelesen, dass die Nachttemperatur kurz vor Sonnenaufgang am niedrigsten ist.«

»Oder wenn man keine Decke mehr hat«, sagt Amer etwas mürrisch. »Du ziehst sie mir ständig weg.«

Maya lächelt und beugt sich über sein Gesicht. »Es ist nicht nur die fehlende Decke, oder?«

»Schon gut«, entgegnet Amer, der gern das Thema wechseln möchte, doch Maya fragt ihn: »Ist es schlimm, dass du nicht der Erste bist?« Als Amer nicht antwortet, sagt sie: »Das ist süß, Amer.«

»Du hast sie doch nicht mehr alle«, entgegnet er, und seine Gesichtszüge werden hart und verkrampft.

»Was soll das, Amer? Nur weil du nicht der Erste gewesen bist, kannst du doch nicht plötzlich sauer sein. Jetzt guck mich gefälligst an. Du hast kein Recht, wütend auf mich zu sein.«

»Bin ich aber.«

»Weil du Araber bist.«

»Was weiß ich? Ich hab jedenfalls gedacht...«

»Was hast du gedacht?« Maya setzt sich aufrecht, die Liege knackt, als würde sie gleich auseinanderbrechen. »Also, was hast du geglaubt?«

»Na, dass...«

»Sag's schon. Ich glaub, es ist besser, wenn du's sagst, dann kommt vielleicht dieser ganze Macho-Schwachsinn aus dir raus.«

»Das ist kein Schwachsinn.« Er möchte ihr etwas entgegenschmettern, irgendwas Fieses, aber dann sagt er: »Deine Lippen sind trocken.«

»Lenk nicht ab.«

»Ich lenk nicht ab, ich seh dich nur an.« Er nimmt

seinen Zeigefinger, benetzt ihn leicht und fährt mit ihm über Mayas geschwungene Lippen. Es ist ein kleiner, zarter Mund. »Wir haben zu viel geküsst.«

Maya lächelt und öffnet leicht ihren Mund, sie spielt mit Zunge und Zähnen an seinem Finger.

Das Brummen des Überwachungshubschraubers ist zu hören, kommt schnell näher und wächst sich zu einem Dröhnen aus – der Suchscheinwerfer streicht über die Dächer.

»Da ist doch was passiert. Du hast recht, Amer.«

Noch ein zweiter Hubschrauber scheint unterwegs zu sein. Amer steht auf und geht zum Fenster. »Es sind drei Hubschrauber. Wir müssen hier drinbleiben. Ich weiß nicht, wie sie reagieren, wenn wir im Dunkeln auf dem Dach rumrennen.«

»Komm wieder her«, sagt Maya.

»Es war schön heute Nacht«, erklärt er und betont es wie eine Frage.

»Ja, sehr«, sagt sie. »Aber jetzt komm einfach und lass uns die Zeit bis zum Sonnenaufgang genießen.«

Amer gehorcht.

»Hörst du?«, fragt Maya.

»Was?«

»Die Hubschrauber sind weg.«

Amer streichelt ihr über die Nase und sagt: »Ich liebe dich.«

»Ich dich doch auch.«

»Sag es nicht so, Maya.«

»Wie soll ich es denn sagen?«

»Hast du das bislang allen Männern …«

»Jetzt übertreib mal nicht, Amer. Was willst du denn von mir hören?«

»Dass du mich auch liebst.«

»Sag ich doch.«

Amer kommt sich langsam selbst blöd vor. Was verlangt er eigentlich von ihr? »Vielleicht bin ich ein bisschen schnell«, meint er.

»Nein, Amer. Es ist alles okay. Und jetzt hör endlich mit deinen Selbstzweifeln auf. Du hast überhaupt keinen Grund dazu.«

Die beiden liegen auf dem Rücken, Maya in seinem Arm, und wie damals im Wagen spielt sie wieder mit ihren Haarenden, benetzt sie und dreht sie mit den Fingern.

»Was machst du eigentlich nach dem Tawjihi? Willst du studieren?«, fragt Maya.

»Im Moment gibt es nicht mal Schule. Und ich glaub, die Uni ist auch zu.«

»Dann musst du ins Ausland.«

»Und du?«

»Ich würd am liebsten irgendwo in Frankreich oder Italien studieren oder so was wie Au-pair machen – vielleicht auch in Kalifornien.«

»Mein Onkel, der Bruder meiner Mutter, lebt in Pasadena in Kalifornien.«

»Wo ist das denn?«

»Direkt bei Los Angeles. Er ist Wissenschaftler.«

»Was macht er?«

»Soweit ich weiß, untersucht er Zellen von Froscheiern.«

»Hört sich spannend an.«

»Kann sein. Ich bin kein Bio-Fan.«

»Ich schon. Zu so einem Job als Biologe hätte ich auch Lust. Wie heißt denn das Institut?«

»Weiß nicht.«

»Ist auch egal.« Maya küsst Amer. »Ich hab dich wirklich gern, Amer. Und ich will nicht, dass du auch noch Ärger wegen heute Nacht kriegst.«

»Wie spät ist es denn?«, fragt er.

»Die Sonne kommt raus. Wenn du jetzt losfährst, dann merkt dein Vater vielleicht gar nicht, dass du die ganze Nacht weg warst.«

»Der hat mich doch ohnehin rausgeschmissen.«

»Eltern sagen viel im Zorn.«

Er nickt. »Und du, hältst du zu mir?«

Statt einer Antwort sagt sie: »Du auch?«

»Na klar«, sagt Amer.

»Also, das Gleiche gilt auch für mich.«

»Und wenn irgendwas passieren sollte?«

»Was denn, Amer? Jetzt sei nicht so theatralisch.«

»Ach, ich weiß nicht.«

»Du kannst dich auf mich verlassen. Ich werd dich nicht verraten und ich… komm einfach noch mal her.« Dabei lächelt sie ihn schelmisch an und mit dem ersten Tageslicht scheinen ihre Sommersprossen auf der Nase wieder zu leuchten.

Halb acht Uhr morgens ist es, als Amer und Maya durch das Damaskus-Tor gehen. Einige der Jungen, die ihre Hemden, Teppiche, Plastikuhren, Fladenbrote und Socken verkaufen, leben anscheinend hier auf der Straße. Einige sehen aus, als seien sie süchtig, süchtige Schnüffler.

»Früher war es hier nicht so heftig.«

»Hier war es immer heftig, Amer. Das ist dir nur nie aufgefallen. Du warst vermutlich noch nie so früh am Tor, und vor den Anschlägen gab es hier zu jeder Tageszeit so viele Touristen, die sie ausnehmen konnten, da hatten sie einfach immer Geld und Glück.«

»Also ist doch der Krieg schuld.«

»Rechthaber«, sagt Maya und hält seine Hand, während sie über die Straße laufen. Es ist ihr egal, ob sie entdeckt werden. Sollen sie doch alle sehen, dass sie mit einem Araber zusammen ist. Was ist schon dabei?

»Ich muss gleich unbedingt im Fernsehen gucken, was das für eine Explosion war.«

»Das hast du geträumt, Amer. Glaub's mir. Das mit den Hubschraubern war auch sicher nur übliche Routine.«

»Ich werd trotzdem reinschauen.«

»Die bringen bei euch doch ohnehin nur Hitler-Porträts im Fernsehen.«

»Wie kommst du denn darauf?«

»Ich hab selbst eins gesehen.«

»Na und?«

»Was meinst du mit ›Na und‹?«

»So schlimm find ich es auch wieder nicht, wenn sie ein Hitler-Porträt zeigen.«

»Du weißt genau, warum eure Sender das tun. Die wollen doch nur die Leute aufhetzen, die es gut finden, was Hitler mit den Juden gemacht hat.«

»Hör auf, Maya. Das stimmt nicht. Wer redet dir so was ein?«

»Das muss mir keiner einreden. Warum zeigen sie denn sonst so viel über Hitler?«

Amer zuckt mit den Schultern. »Ich kann doch auch nichts dazu. Wir haben die Juden in Deutschland nicht vergast. Das waren die Deutschen, nicht die Palästinenser. Wir müssen das jetzt nur ausbaden.«

»Trotzdem ist es nicht gut, dass die Porträts bei euch im Fernsehen gesendet werden. Was glaubst du, wie paranoid mein Daddy noch wegen dieser ganzen Hitler-Scheiße ist, die ihm sein Vater erzählt hat. Opa hat ihn immer verdroschen, und mein Vater sagt, er hätte es nur getan, weil er von den Nazis so dreckig behandelt wurde. Das hätte Opa hart und unerbittlich gemacht. Für uns ist das lange noch nicht vorbei mit den Scheiß-Nazis und ihr guckt euch auch noch diese dämlichen Hitler-Porträts an.«

»Tut mir leid, Maya. Aber nicht alle Araber sehen sich den Mist im Fernsehen an.«

»Aber du?«

»Wenn ich nichts zu tun habe. Wegen eurem Militär kann ich nicht zur Schule, weil meine Lehrer erschossen werden. Was soll ich denn den ganzen Tag machen?«

»Deshalb guckst du dir also diesen Müll an. Das ist doch kein Grund, das ist Schwachsinn.«

»Hältst du mich eigentlich für einen Idioten?«, sagt Amer und will jetzt nicht mehr ihre Hand halten.

Sie sind an der Haltestelle des Egged angelangt, und Maya sagt: »Komm, ist gut. Ich habe nur Angst vor meinem Vater. Der wird gleich ausrasten.«

»Du hältst mich für einen Idioten«, wiederholt Amer.

»Nein.«

»Doch. Sonst würdest du nicht glauben, dass ich nicht weiß, was man Leuten wie deinem Opa angetan hat – du Idiot!«, schreit er plötzlich einen Autofahrer an, als der ihn fast überfährt, und zu Maya sagt er: »Ich muss jetzt nach Hause.« Auf einmal ist ihm klar, wie weit ihre beiden Leben auseinanderliegen.

»Ich auch, Amer. Denn eins kann ich nicht leiden: bockige Jungs. Das find ich nur blöd.«

Amer wendet sich ab und geht.

Der Fahrer des Minibusses zieht Amer halb zu sich in den Wagen und gibt Gas. Maya sieht ihm nach und steigt nicht in den Egged, sondern will zu Fuß nach Hause gehen, vorbei an der äthiopischen Kirche, vorbei an einem Einfamilienhaus, in dem Tami Shalev gerade aufräumt.

Tami räumt ihren Mann aus ihrem Leben – Stück für Stück. Die Kinder sind seit zwei Jahren aus dem Haus, und gestern Nachmittag hat ihr Mann all seine Habseligkeiten abgeholt – Schreibtisch, Klamotten, Bücher, 54 Kartons. 37 Jahre Ehe und dann hat er Sarah Fisher kennengelernt und Tami verlassen. Dabei hatte sie wegen ihres Mannes ihren Beruf als Fotografin an den Nagel gehängt. Nun hat sie das Haus für sich – auch den Bunker unterm Garten. Dort soll ihre Dunkelkammer entstehen. Alle neuen Häuser in Israel haben einen solchen Bunker, das ist Pflicht seit dem Irak-Krieg von 1990.

Tami schleppt Wannen, Entwickler, Vergrößerer, Fotopapier ins Labor. Sie will nur eines fotografieren: die Angst. Sie möchte die Angst der Menschen festhalten, ihre Augen, ihre Häuser, ihre Kinder, ihre Bunker und ihre Hände, mit denen sie die Gewehre halten.

Maya hat keine Angst. Ihr Vater wird sie gleich ausschimpfen, aber Angst hat sie deshalb nicht. Sie ist noch völlig von dem Gespräch mit Amer gefangen. Worüber haben sie sich eigentlich gestritten? Über diese blöden Hitler-Porträts oder war Amers Stolz der eigentliche Grund?

13.

Kein Wort. Wenn sein Vater ihn zumindest anschreien würde. Aber kein Wort. Hanan ist nicht zu Hause.

»Wo ist Mama?«, fragt Amer.

»Bei Halah«, gibt George kurz angebunden zurück. Halah ist ihre Freundin.

Es ist, als sei die Tür zu seinem Vater zugeschlagen. Amer weiß nicht, was er sagen soll, und fragt: »Was ist eigentlich so schlimm daran, dass ich mich mit Maya getroffen habe?«

»Nichts. Du bist fortgeblieben, wie jeder Sohn irgendwann fortbleibt. Das ist deine Entscheidung. Du bist alt genug.«

»Was habt ihr eigentlich alle?«

»Beruhige dich. Du siehst es falsch. Ich werd dir nichts mehr verbieten und ich werde nicht schimpfen. Du hast mir gesagt, du gehst, und du bist gegangen. Mehr nicht.«

»Dann ist ja gut, Vater.«

»Das weiß ich nun nicht, ob es gut ist, sich im Zorn von seinem Vater zu verabschieden. Aber du bist alt genug, Amer. Mutter hat recht.«

Offensichtlich hat Hanan mit ihrem Mann darüber diskutiert und wie meist auf Amers Seite gestanden. Sie ist sowieso der Meinung, dass George zu streng zu seinem

Sohn ist. Schließlich hat Amer nie Probleme in der Schule, sondern ist stets unter den Besten.

»Willst du nicht wissen, was ich in Jerusalem gemacht habe?«

»Nein.«

Amer hat sich auf ein Donnerwetter eingestellt, aber es passiert nichts. Maya ergeht es schlechter. Ihr Vater fackelt nicht lange. Er sperrt sie ein.

»Du bleibst so lange in diesem Zimmer, bis ich dich wieder raushole.« Sie versucht noch, mit ihm zu reden. »Zu spät«, sagt er und schließt ab. Er weiß nichts von Amer, sondern denkt, sie treibt sich nachts in der Stadt rum.

»Aber ich muss in die Schule!« Maya schreit und rappelt an der Türklinke – gleichzeitig müde und hellwach –, und die Tränen laufen ihr über die Wangen. Minutenlang ist sie außer sich vor Zorn. Früher hat sie solche Ausbrüche häufig gehabt, doch in den vergangenen Jahren fast nie.

Der Raum, in dem sie sich wiederfindet, ist kahl – fast leer – bis auf ein paar Poster, die noch an der Wand hängen. Popstars, die längst schon vergilbt sind wie ihre simplen kleinen Melodien. Iziks Jugendzimmer. Sein Vater möchte es in den nächsten Wochen komplett renovieren – »ein richtiges Zimmer draus machen«, wie er selbst sagt.

»Ihr seid total bescheuert!«, schreit Maya noch mal gegen die Tür. Wie oft hat ihr Bruder wohl schon gegen die Tür geschrien, wenn ihn Vater wieder mal eingeschlossen hatte? In all den Ritzen, in jeder Pore des Holzes müssen sich Tausende von Worten verhakt haben, in den Atomen sind all die Schwingungen abgespeichert, die der Schall hinterlässt. Maya glaubt, dass keine Information verloren geht, dass die Dinge alles aufnehmen, was in ihrer Umgebung ist, so wie eine Teekanne, die den Geschmack des Tees aufnimmt, wie ein Mensch, der etwas hört und es verarbeitet, alles ist für sie Information, die, einmal in die Welt gesetzt, nie mehr vernichtet werden kann, weil sie die Welt verändert.

Maya hockt sich auf den Boden und hört die Stille. Ob sich Amer gerade mit seinem Vater streitet? Sicher, denkt sie.

Sie ahnt nicht, dass er schon auf dem Weg ins Waisenhaus ist, wo ihn Jamal gerade jetzt am Eingang umarmt.

»Na endlich. Hast du schon gehört?«

»Was? Ist Marie wieder da?«

»Nein, sie bleibt noch ein paar Tage bei Freundinnen in Jerusalem.«

»Was ist passiert?«

»Nächste Woche fängt die Schule wieder an.«

»Warum?«

»Weiß nicht. Jedenfalls könnten wir so doch noch unser Tawjihi schaffen.«

Amer freut sich. »Super, und sonst? Gab es heute Nacht eine Explosion in Jerusalem?«

»Davon weiß ich nichts. Wieso fragst du?«

»Nur so.«

»Hier in Bethanien wird es jedenfalls bald knallen«, sagt Jamal, und Amer kann ihm ansehen, dass er sich sofort ärgert, den Satz gesagt zu haben. »Aber es ist besser, du weißt erst gar nichts davon, Amer.«

»Sag. Was ist los?« Amer ist auf das Schlimmste gefasst.

Die beiden gehen in Jamals Zimmer und setzen sich unten auf Tariqs Bett. Der ist zur Arbeit im Optikerladen. »Du behältst es aber für dich.«

»Worum geht's?«, sagt Amer.

»Um den Checkpoint. Sie werden ihn in die Luft jagen mit Mann und Maus.«

»Wer?« Amer kann es noch gar nicht fassen. Gleich wird ihm sein Freund erklären, dass er sich umbringt. Und wofür? Um ein paar Soldaten und sich selbst das Leben zu nehmen, für die Hoffnung, in den Himmel zu kommen?

»Die Männer aus unserer Schule. Sie haben den Plan ausgeheckt.«

»Die aus dem Computerraum?«

»Genau.«

»War auch Husams Vater dabei?«, fragt Amer. Nun ist ihm klar, was dort auf dem Schulhof geschah. Husams Vater hatte von Khalil den Auftrag bekommen, die E-Mail abzusetzen, und hat das einfach vom Schulrechner aus getan. »Also. War er mit dabei, Jamal?«

»Wie kommst du da drauf?«

»Egal. Was ist mit ihm.«

»Verhaftet und Husam auch ... Jedenfalls muss die Aktion jetzt ganz schnell durchgeführt werden.«

»Warum?«

»Weil sie sonst die Aktion womöglich verraten«, sagt Jamal.

»Glaub ich nicht.«

»Im Krieg kann alles sein. Die Israelis werden Husam und seinen Vater sicher foltern«, sagt Jamal. »Da verrät jeder jeden.«

»Und hat Omar dich gefragt, ob du den Toyota fährst?«

»Woher weißt du das alles, Amer?«

»Ich habe zufällig ein Gespräch zwischen Omar und Khalil belauscht. Damals, als wir uns abends noch mal im Computerladen treffen wollten, weil wir uns Sorgen um Omar gemacht haben.«

»Ach du Scheiße. Weiß Khalil davon?«

»Natürlicht nicht.«

»Dann behalt es für dich – für immer. Er bringt dich sonst um. Glaub's mir. Khalil ist zu allem fähig.«

»Und? Fährst du den Bus?«

»Nein.«

»Angst?«

Jamal schweigt. Dann fragt ihn Amer: »Wer soll denn jetzt den Wagen mit dem TNT fahren?«

Jamal zuckt mit den Schultern. »Husams Bruder Mohammed. Er ist den Israelis entwischt, als sie die ganze Familie abgeholt haben. Den werden die Israelis ohnehin foltern, wenn sie ihn kriegen. Die rächen sich immer an der ganzen Familie.«

Amer: »Die foltern auch nicht gleich jeden.«

Jamal: »Jedenfalls hat er nun nichts mehr zu verlieren. Und so stark wie jetzt, so stark wird sein Hass vielleicht nie wieder.«

»Er ist doch erst fünfzehn.«

»Er kann einen Toyota fahren und er will für uns sterben.«

»Das wolltest du auch immer.«

»Meine Zeit wird noch kommen, hat Khalil gesagt.«

»Wann soll die Aktion am Checkpoint genau starten?«

»Weiß nicht.«

»Du lügst.«

»Ich darf's dir nicht sagen. Khalil ist jähzornig. Der macht mich kalt, wenn ich mich verplappere.«

»Du bist ein Idiot. Ich erzähl dir, dass ich das Gespräch belauscht hab, und du hast trotzdem kein Vertrauen zu mir, kein Stück. Ich bin ja schließlich kein Moslem.«

»Was für ein Quatsch. Ich will nur nicht zu viel erzählen, damit du erst gar keinen Fehler machen kannst. Wer viel weiß, wird schnell zum Verräter, ohne dass er es eigentlich will.«

»Ihr seid genauso bekloppt wie die Israelis. Die haben auch vor allem und jedem Angst.«

»Mag sein. Jedenfalls sag ich nichts. Zumal wenn einer eine jüdische Freundin hat.«

Amer ist nicht wütend über Jamals dummen Spruch, eher traurig. »Ich hab übrigens letzte Nacht mit Maya geschlafen und mich heute früh von ihr getrennt. Ihr müsst also keine Sorge mehr haben.«

»Demnach hast du sie richtig abgezogen. Das lob ich mir.«

Amer schweigt.

»Und was hat dein Vater dazu gesagt, dass du die Nacht über weg warst?«

»Nichts.«

»Und wie war sie?«

»Du bist wirklich bescheuert, Jamal. Sie war, wie alle sind. Oder meinst du, eine Jüdin ist anders?«

»Na klar. Die sind doch viel heftiger drauf. Aber du hast ja keinen Vergleich«, sagt Jamal und lacht.

Amer fühlt sich mies. Besser, er hätte gar nichts erzählt, besser, er wäre gar nicht mehr im Waisenhaus aufgetaucht. Wie kann Jamal nur so sein?

»Nun erzähl schon was.«

»Nein, Jamal.« Am liebsten würde Amer weggehen. Aber zu wem? Da ist niemand, kein George, keine Hanan, nicht mal Maya. Eine Nacht hat ausgereicht, alle Brücken einzureißen.

Omar stürmt ins Haus. »Marie? Bist du da, Marie?!«

»Nein!«, hallt es aus Jamals Zimmer zurück. »Die kommt erst morgen oder übermorgen.«

»Es geht gleich los«, ruft Omar und stürmt zu Jamal. »Mach die Glotze an. Heute ist der Tag der Tage.« Jetzt erst sieht er Amer. »Und der? Was macht der hier?«

»Was soll er hier machen?«, entgegnet Jamal. »Er ist mein Freund.«

Omar ist entsetzt. Er lässt sich neben Jamal aufs Bett fallen und schaut ihn fragend an. »Willst du mich verarschen?« Amer sagt nichts, er ist bedient.

»Er hat die Jüdin nicht mehr«, erklärt Jamal. »Amer ist auf unserer Seite. Hundert Prozent verlässlich. Der ist der einzige Christ mit Moslemherz.«

Was soll das alles?, fragt sich Amer. Explodiert die Bombe schon gleich am Checkpoint?

»Lasst uns nach oben gehen«, sagt Omar.

Oben legen sie sich auf die Matratze.

»Wo ist diese bescheuerte Fernbedienung?«, fragt Omar.

»Was weiß ich?«, entgegnet Jamal.

Halb im Spaß bekommt er von Omar eine Kopfnuss: »Gib nicht so freche Antworten, Jamal. Wie sieht es hier überhaupt aus? Seit ich nicht mehr so oft hier bin, lasst ihr euch hängen. Marie passt wohl nicht genug auf.«

Alle bis auf Amer lachen über die gespielte Strenge, und dann meint Omar: »Es geht auch ohne!«, und drückt direkt am Fernseher auf die Bedienungstasten, die fettig glänzen. Aljazeera.

Dann findet Jamal doch noch die Fernbedienung, und Omar will wissen, wo die Mädchen sind.

»Keine Ahnung. Vermutlich bei Freundinnen.«

»Wie geht es denn Sabreen?«

»Frag Amer. Er hat ihr das Herz gebrochen, nicht ich.«

Amer ist verlegen und schweigt. Auch der Reporter, der zwar über eine künftige Konferenz der arabischen Staaten spricht, weiß eigentlich nichts zu sagen.

»Wir zeigen es den Schweinen gleich.«

»Ganz ruhig, Jamal«, sagt Omar. »Und wie sieht es bei dir aus, Amer?«

Amer zuckt mit den Schultern und stellt sich dumm: »Ich versteh nicht. Fliegt tatsächlich gleich der Checkpoint in die Luft? Wie soll das laufen?«

»Wie würdest du es machen, Amer?«

»Weiß nicht? Ich würde es gar nicht tun. Es ist keine Lösung.«

»Das nenn ich Mut«, meint Omar. Dabei bleibt er ganz gelassen und knöpft sich den oberen Knopf an seinem Hemd auf. »Das ist wirklich mutig, uns hier zu erzählen, dass das keine Lösung ist. Hör's dir an, Jamal.«

»Stimmt doch«, sagt Amer. »Was bringt es? Morgen werden die Israelis hier wieder mit Panzern einrücken und eine Ausgangssperre verhängen.«

»Kann sein. Dafür gibt es morgen aber auch ein paar Israelis weniger. Und ich will ihre Angst sehen.«

»Woher weißt du überhaupt von der Checkpoint-Geschichte, Omar?«, fragt Amer. Dabei sieht er auch zu Jamal rüber, um dessen Reaktion zu sehen. Jamal ist wie versteinert.

»Wir wissen es halt«, sagt Omar. »Und willst du wissen, wie es geht?«

Amer nickt.

»Ein Minibus wird in den Checkpoint reinrauschen, von oben bis unten vollgepackt mit Sprengstoff. Der wird sogar den Panzer mit in die Luft jagen.«

Amer denkt jetzt zum ersten Mal an die Israelis dort am Checkpoint. Er denkt an Mayas Bruder.

»Was denkst du?«, fragt Omar überraschend.

»Ich weiß nicht, was ich denken soll.«

»Das hab ich dich nicht gefragt. Was du denkst, will ich wissen.«

»Ich find es nicht gut, wenn sich einer in die Luft sprengt. Es ist nicht gut.«

»Nein«, sagt Omar. »Das ist nicht gut. Aber siehst du einen einzigen Panzer mit palästinensischer Flagge oder einen Kampfflieger von uns. Nein. Die beiden letzten Hubschrauber, die wir hatten, haben uns die Israelis zerstört – einfach so.«

Amer nickt. Omar sitzt vor ihm auf der Matte und er wirkt noch mächtiger als sonst. Amer sieht gegen das Licht seine Narbe am Kinn. Die hat Omar von einem Sturz auf der Treppe im Haus. Damals war er gerade zwölf. Seitdem, so hat Marie einmal im Zorn gesagt, ist er nur noch äußerlich gewachsen. Daran erinnert sich Amer nun und auch daran, dass Marie das Attentat niemals zulassen würde.

»Siehst du, Amer«, sagt Omar. »Die Israelis lassen uns gar keine andere Wahl. Wir können uns nur auf diese Weise wehren. Und du, Amer, hängst jetzt auch schon ein ganz klein bisschen mit drin, denn du weißt zu viel.«

»Ich weiß gar nichts. Ihr erzählt mir doch nichts, nur das, was ich hier zufällig mitkriege. Für euch bin ich doch eigentlich einer von der andern Seite.«

Omar lacht und Jamal ebenfalls. Amer weiß nicht genau, warum. Es ist ein lautes, unfreundliches Lachen. Ein Lachen, das ihn angreift. Amer weint. Es ist alles zu viel für ihn. Was soll er tun? Mit ansehen, wie sie die Leute am Checkpoint töten? Wie sich alle ins Unglück stürzen?

»Wohin willst du, Amer?«

Er sagt nichts, dreht sich nicht um, sondern geht aus der Tür.

»Lauf ihm hinterher«, sagt Omar. »Der ist gefährlich.«

»Quatsch! Lass ihn in Ruhe. Der verrät nichts.« Trotzdem läuft Jamal hinter Amer her und hält seinen Freund unten an der Haustür auf. Er fasst ihn an der Schulter. Amer weint immer noch.

»Komm her«, sagt Jamal und nimmt ihn in die Arme. »Das ist alles nicht so schlimm. Es ist eine gute Sache. Sie wird auch dir und deinen Leuten helfen. Mohammed wird sonst vielleicht von den Israelis erschossen, ohne noch etwas für sein Land tun zu können. Es ist Krieg, Amer. Krieg. Verstehst du das? Im Krieg sterben Menschen. Das ist ein Gesetz.«

»Lass mich in Ruhe. Ich will allein sein.« Amer löst sich aus der Umklammerung.

»Ist gut. Dann geh. Ich kann mich ja auf dich verlassen.«

Es ist viel los auf der Straße, die üblichen Raser in ihren uralten Toyotas, Fords und Golfs wirbeln Staub auf, gefolgt von einem Pritschenwagen. Auf der anderen Seite ein kleiner Konvoi von vier Lastwagen mit Bauschutt, Minibusse und ein Reiter. Nichts deutet auf ein bevorstehendes Attentat hin. Vielleicht passiert es ja gar nicht, hofft Amer. Vielleicht hat der Minibus unterwegs einen Platten und kommt mit seinem Sprengstoff erst gar nicht bis zum Checkpoint.

Und falls doch?

Amer quälen Gewissensbisse.

»Diese Idioten«, flucht er leise vor sich hin.

Ein Toyota-Minibus rauscht dicht an ihm vorbei – ohne

Fahrgäste. Amer streicht sich die Tränen aus dem Gesicht. Das ist er. Das war er. Amer hat den Fahrer nicht gesehen. Aber es war Mohammed. Bestimmt. Amer läuft hinterher, Richtung Checkpoint. Der Bus biegt rechts in eine Seitenstraße ein. Gott sei Dank. Amer stellt sich vor, wie solch ein Bus dort vorn in den Checkpoint fährt und alle mit in den Tod reißt. Er darf es nicht zulassen. Auf keinen Fall. Er muss bei der Polizei anrufen. Blödsinn. Was für ein Blödsinn. Wenn er das tut, dann nehmen die Israelis alle hops. Omar, Khalil, Jamal, womöglich noch Marie ... Amer geht zur Telefonzelle, wählt Mayas Nummer.

»Bist du immer noch sauer, Amer?«, fragt sie.

»Nein. Hier läuft alles schief.«

»Hier auch«, entgegnet sie. »Mein Vater wird mich nie wieder aus dieser Bude lassen. Er ist total ausgetickt.«

Amer hört eine Stimme im Hintergrund, die ruft, dass Maya mit dem Telefonieren aufhören soll. »Dein Vater?«

»Ja.«

»Die werden die Soldaten am Checkpoint töten«, sagt Amer.

»Was?«

»Ich hab gehört, dass ein Selbstmordattentäter in den Checkpoint rasen und alles in die Luft sprengen wird.«

»Das kannst du nicht zulassen. Tu was.«

»Was denn?«

»Ruf die Polizei an.«

Amer schweigt.

»Du musst, Amer. Sonst hast du die Soldaten und diesen palästinensischen Irren auf dem Gewissen.«

»Ich weiß«, sagt er und fügt hinzu: »Ich hab das heute früh übrigens nicht so gemeint, Maya.«

»Ist mir schon klar.«

»Ich liebe dich.«

»Ich dich doch auch.« Sie stockt einen Moment und fragt dann: »Wann soll es denn passieren?«

»Keine Ahnung. Wahrscheinlich bald.«

»Dann leg jetzt auf und ruf die Polizei an. Mein Vater tritt sowieso gleich die Tür ein. Ich hab einen Stuhl unter die Klinke gestellt, damit er sie nicht runterdrücken kann.«

»Soll ich echt die Aktion verraten?«

»Das ist kein Verrat.«

»Du behältst es für dich?«

»Klar, Amer. Ich muss jetzt auflegen, damit sich mein Vater beruhigt. Tschüss.« Dann klackt es in der Leitung.

Amer hält noch den Hörer in der Hand, zögert, will die Polizei anrufen und verwirft den Gedanken wieder. Er wird Jamal und seine Freunde nicht verraten, auch wenn sie einen schrecklichen Fehler begehen.

»Na, hast du dich beruhigt, Amer?«

»Alles in Ordnung, Omar«, sagt Amer.

»Setz dich wieder und warte mit uns.«

Jamal zappt, als wolle er sich einen eigenen Film zusammenschneiden und warte nur auf die Schlüsselszene am Checkpoint. Doch die kommt nicht. Keine Bombe, keine Explosion. Nichts. Wieder Aljazeera. Auf einem Banner unten am Bildschirmrand steht:

Checkpoint Jerusalem: Sprengstoffanschlag vereitelt. 15-jähriger palästinensischer Minibusfahrer von israelischen Sicherheitsbeamten auf der Flucht erschossen. Keine Hinweise auf Hintermänner.

Jamal läuft zum Fenster. Überall israelische Soldaten, die die Gegend abgeriegelt haben. Wenige Minuten später wird eine Ausgangssperre verhängt, Häuser werden durchsucht.

»So ein Mist, so ein verdammter Mist. Wie sind sie ihnen bloß auf die Schliche gekommen?«

Während Jamal und Omar noch rätseln, ist für Amer alles klar. Es muss Maya gewesen sein. Sie hat es ihrem Vater erzählt und der hat sofort die Polizei verständigt. Amer fühlt sich schuldig, schuldig, schuldig. Er lässt sich nichts anmerken und läuft die Treppe hinunter – zur Tür hinaus.

»Du darfst nicht raus!«, ruft Jamal, und Amer: »Ich werde die Israelis selbst killen.«

Warum er das sagt, weiß Amer nicht. Er weiß nicht mehr, was er tut, nimmt einen Stein hoch und rennt auf einen der israelischen Posten zu. Ehe er aber in Reichweite kommt, knickt sein Fuß weg, und er fällt mit dem Knie auf irgendwas Spitzes. Ein höllischer Stich, Amer schreit, dann noch mal. Ein Soldat kommt auf ihn zu und sagt: »Was hast du?«

Amer schreit: »Mein Knie! Es ist gebrochen oder sonst was!« Amer weint, aber eigentlich nicht wegen des Knies, sondern wegen Maya. Sie hat ihn verraten. Und er schreit, weil er selbst zu feige gewesen ist, irgendwas zu tun. Er hat sich zu den andern vor den Fernseher gesetzt und zugesehen. Er ist nicht für diesen Wahnsinn, er ist nicht gegen diesen Wahnsinn, er ist nichts.

»Das wird schon wieder«, sagt der Soldat beruhigend. Sein Gesicht ist kaum älter als Amers. Er winkt einen Kameraden heran, der mit einem Messer die Jeans aufschlitzt und das geschwollene Knie betrachtet. »Sieht nicht gut aus. Wo wohnst du?«

»Am Checkpoint.«

»Na, da hast du ja noch mal Glück im Unglück. Fast hätte dort ein Irrer alles in die Luft gejagt, bestimmt auch euer Haus. Der Minibus hatte so viel Sprengstoff geladen, als wollte er die ganze Welt zerstören.«

Über Funk wird ein Wagen bestellt. Ein Jeep bringt Amer ins *Heim der Seligen,* wo er erst mal notdürftig versorgt werden soll.

»Ich muss unbedingt telefonieren«, sagt Amer, als er Haya bei den Seligen trifft.

»Das kannst du noch gleich tun. Erst muss sich der Arzt dein Knie ansehen.«

»Ich muss mit meinen Eltern reden, ob sie in Sicherheit sind«, lügt er. Denn eigentlich will er mit Maya reden.

»Denen ist nichts passiert.«

Amers Knie wird untersucht, kann aber nicht im *Heim der Seligen* geröntgt werden. »Dazu musst du in die Klinik nach Jerusalem«, sagt der Arzt. »Aber so schlimm ist es nicht. Soweit ich das beurteilen kann, ist es nur eine Schwellung. Wir werden dich erst mal hier versorgen.«

Amers erste Enttäuschung und Wut über Maya verfliegen langsam. Später ruft er sie an – ihr Handy ist aus. Am nächsten Morgen versucht sie, ihn zu Hause zu erreichen. Doch George erklärt Maya, dass Amer sie nicht sprechen will.

14.

Zwei Wochen später ist Amer wieder gesund. Sein Knie war nicht gebrochen, nicht gesplittert, kein Bänderriss – nur eine Schwellung. Khalils Computerladen ist geschlossen, Khalil selbst abgehauen, und Omar wohnt jetzt im Waisenhaus. Dort scheint alles wieder wie früher. Nur Jamal hat sich verändert. Er macht sich Vorwürfe. Erst nach dem Attentat hat er begriffen, dass er vor dem Tod gekniffen hat. Kleinlaut ist er geworden.

Amers Vater hat im Übrigen nichts von Mayas Anruf erzählt und Amer will nicht mehr mit ihr telefonieren. Warum soll er ihr nachlaufen, wo sie ihn verraten hat? Er glaubt, dass Maya sich nicht meldet, weil sie ein schlechtes Gewissen hat.

Und Maya? Sie ist zu stolz, um sich noch mal von Amers Vater am Telefon so abservieren zu lassen. Schließlich hat Amer ihre Handynummer und kann genauso gut anrufen wie sie, denkt Maya.

Zudem ist noch was geschehen: Ben interessiert sich für sie. Und Ben ist nicht nur hübsch mit seinem Kraushaar, sondern auch nett – einer der Topjungs bei ihr in der zwölften Klasse. All dies führt jetzt dazu, dass sich Amer und Maya nicht mehr sehen, nicht einmal mehr miteinander gesprochen haben seit dem Vorfall am Checkpoint.

»Sieh dir das an, Amer.« George steht am Fenster.

»Was ist das denn, Vater?«

»Das frage ich mich auch. Ich glaub, sie fangen mit der Mauer an.«

Was Amer und seine Eltern nicht für möglich gehalten haben, geschieht: Die israelische Regierung macht Ernst mit dem Bau einer Mauer. Lastwagen karren die ersten Teile heran. Der Checkpoint selbst ist dicht.

»Ich muss im Waisenhaus anrufen«, sagt Amer. »Marie muss davon wissen. Wie soll Sabreen künftig ins Krankenhaus kommen, wenn sie eine Mauer bauen?«

Amer zögert noch. Und auch George. Nur einen Moment. Dann zieht er seinen Sohn an sich.

»Komm erst mal her, Amer«, sagt er.

Amer wundert sich. »Was ist los?«

»Wir gehen weg«, sagt George. »Eigentlich wollte ich es dir nicht erzählen, bevor mit den Papieren alles klar ist. Wir wollen …«

»Wohin?«

»Das weiß ich selbst noch nicht. Du kennst doch deinen Onkel Farid.«

»Nach Amerika? Was sollen wir da?«

»Das werden wir schon sehen. Das Einzige, was uns bislang davon abhält, sind die Amerikaner selbst. Sie geben uns kein Besuchervisum für die USA. Aber wir finden einen andern Weg.«

»Ich will nicht nach Amerika.«

»Heute nicht, aber vielleicht morgen. Für uns Christen ist kein Platz mehr in diesem Land.«

»Aber Vater.«

»Erzähl niemandem davon, bis es sicher ist. Behalt es einfach für dich. Womöglich müssen wir erst mal nach Chile zu Yasir und seiner Familie und versuchen, von dort aus in die USA zu kommen.«

»Wohnt Yasir nicht mehr in Bethlehem?«

»Er ist doch vor einem Jahr ausgereist, noch bevor hier alles so schlimm wurde. Haben wir das nie erzählt?«

»Nein.«

»Jedenfalls wohnt Yasir in Santiago de Chile, wo mittlerweile mehr Bethlehemer Christen leben als in Bethlehem selbst.«

Amer kann das alles nicht glauben. Sein Vater scheint die Ausreise schon länger zu planen.

George sagt zu ihm: »Jetzt ruf bei Marie an.«

Amers Mutter kommt gerade zurück vom Einkauf, eine Plastiktüte mit drei Fladen in der Hand. Sie ist perplex, als ihr Amer in die Arme fällt: »Was hast du? Was ist passiert?«

»Ich hab ihm erzählt, dass wir auswandern.«

»Warum?«

»Er *muss* es ja irgendwann mal erfahren.«

Hanan hält Amer fest und lässt die Plastiktüte zu Boden gleiten. Sie ist mehr als einen Kopf kleiner als ihr Sohn, aber jetzt wirkt sie größer als er.

»Wie lange wisst ihr das schon, Mama?«

»Wir müssen weg«, sagt Hanan. »Sieh dir an, was sie

dort machen. Sie sperren uns ein. Wer weiß, was sie tun, wenn die Mauer fertig ist, vielleicht schicken sie uns mit Lastwagen fort, deportieren uns nach Jordanien, wo wir im Niemandsland neue Flüchtlingslager bauen sollen, wie unsere Leute es schon in Dschenin getan haben. Wir müssen weg hier.«

»Jetzt ruf schon bei Marie an«, sagt George.

»Ist doch egal, Vater.« Amer will lieber auf sein Zimmer, aber er fragt noch mal: »Ist das sicher mit Amerika?«

»Wenn Amerika uns will. Wir wollen auf jeden Fall. Farid wird uns helfen, das hat er versprochen.«

»Kann ich allein hierbleiben?«

»Warum?«

»Weil hier alle meine Freunde sind.«

»Alle, die du kennst, sind hier. Aber alle, die du nicht kennst, sind irgendwo dort hinter dem Checkpoint, hinter diesem ganzen elenden Land.«

»Aber meine Freunde!?«

»Denk erst mal an dich, Amer.«

»Sei froh über Onkel Farid. Er ist ein guter Mensch und jetzt können wir vielleicht noch über Jordanien, über den Flughafen in Amman ausreisen. Tel Aviv ist ja für uns Palästinenser verboten.«

Ein Zurück gibt es dann allerdings nicht mehr. Das weiß Amer. Israel hat die Grenzen von Jordanien nach Israel für Palästinenser geschlossen.

»Wolltest du nicht im Waisenhaus anrufen?«, fragt George. »Du solltest es ihr zuliebe tun und dich freuen, hier wegzukommen.«

Amer nimmt das Telefon und verschwindet damit in seinem Zimmer. Sabreen geht ran.

»Alles in Ordnung?«

»Nein«, sagt Amer. Am liebsten würde er alles mit ihr bereden, aber er muss schweigen und sagt: »Die bauen eine Mauer am Checkpoint.«

»Stimmt das?« Sabreen ist entsetzt.

»Über so was mache ich keine Scherze. Die wollen uns wie Tiere einsperren.«

»Marie!« Sabreen ruft nach hinten. »Die Israelis fangen mit der Mauer an!«

Amer hört Sabreens Stimme, kann aber Maries Antwort nicht verstehen. Es klingt wie »Das habe ich mir schon gedacht« und »Irgendwann musste das ja mal passieren«.

»Und was wirst du nun tun, Sabreen? Du musst doch ins Krankenhaus.«

»Wir haben immer einen Weg gefunden. Nächste Woche muss ich wieder hin, bis dahin werden sie noch nicht mit der Absperrung fertig sein.«

Amer legt auf, dann wählt er erneut.

»Maya?«

»Hallo, Amer? Bist du's?«

»Ja.«

»Wie geht's dir?«

»Gut.«

»Und dir?«

»Das kann ich schlecht sagen. Mein Bruder ist bei einem Gefecht in einer jüdischen Siedlung verwundet worden.«

»Schwer?«

»Nein, nur ein Schuss in den Oberarm, nichts richtig Schlimmes.«

»Hast du einen neuen Freund?«

»Warum hast du dich nicht mehr gemeldet? Du hast doch nicht etwa geglaubt, ich hab dich verraten?«

»Ich könnt es verstehen«, sagt er. »Du hast also einen neuen Freund?«

Maya schweigt.

»Wir gehen nach Amerika.«

»Zu dem Onkel?«

»Ja.« Einen Moment ärgert sich Amer, dass er seinen Mund nicht halten kann. Aber er hat Maya ja nur deshalb angerufen, um es ihr zu erzählen. Er muss es jemandem sagen und was soll Maya schon Schlimmes tun? Er sagt: »Meine Eltern wollen es so.«

»Du nicht?«

»Nein.«

»Sei froh, dass du hier rauskommst.«

»Vielleicht sehen wir uns ja dann dort mal.«

»Wie kommst du darauf?«

»Du wolltest doch auch nach Kalifornien.«

»Amer, wach auf. Du hast mich wochenlang nicht angerufen. Ich hab versucht, dich zu erreichen, und dein Vater hat mich abgewimmelt. Ja, ich hab jetzt einen neuen Freund.«

Amer wird schlecht, und er versucht, das Zittern in seiner Stimme aufzuhalten – ruhig zu bleiben. »Ich ruf dich nur an, damit wir unsere Adressen austauschen können, um uns vielleicht irgendwann mal wiederzusehen.«

»Natürlich, Amer. Wo wohnt denn dein Onkel?«

»Das weiß ich nicht genau.«

»Wie sollen wir denn dann Adressen austauschen?«

Amers Schwindel ist schon aufgeflogen, aber Maya sagt lieb zu ihm: »Wenn du in L.A. bist, dann schreibst du mir einfach.«

»Mach ich.«

»Oder besser, du rufst an, denn wenn mein Vater einen Brief mit deinem Absender findet, ahnt er vielleicht was. Alles Arabische ist ihm mittlerweile nur noch verhasst.«

»Vielleicht ist es wirklich besser, wenn ich mit meinen Eltern weggehe«, sagt Amer und weint.

»Ach, Amer. Ich hab dich doch noch lieb.«

»Warum sagst du das?«

»Weil es so ist. Es ist nur zu viel zwischen uns. Hier in Israel ist es dieser verdammte Checkpoint und später sind es zehntausend Kilometer von Israel nach L.A.«

»Du hast recht, Maya.«

»Und du bist lieb.«

»Wie ist denn dein neuer Freund?«

»Frag nicht.«

Tami Shalev fotografiert an diesem Tag die Angst, ohne es zu wissen. Sie sitzt in einem Strandcafé in Tel Aviv. Es ist 26 Grad warm, leichter Südwind, Kinder toben im Wasser, zwei Drachen stehen am Himmel, ein Junge hat einen Luftballon an der Leine, eine Handvoll Surfer kreuzen vor der Küste. Es ist Krieg, doch hier scheint alles friedlich.

Ein irrer Typ mit Pudelmütze und freiem Oberkörper

nimmt einen der freien Stühle und balanciert ihn auf dem Kopf. Plötzlich ein Knall – eine Explosion? Der Ballon des Jungen ist geplatzt. Doch die 16-jährige Miriam erstarrt wie eine Salzsäule vor ihrem Eisbecher mitten im Café, mitten in dieser johlenden Menge. *After Eight* heißt die Kombination aus Milcheis und Minzlikör, dekoriert mit After-Eight-Schokoplättchen. Miriam spürt den minzigen Geschmack des Likörs nicht mehr an ihrem Gaumen, hört den Knall wieder und wieder in ihrem Kopf. Ihre Freundin fragt: »Was ist los? Was hast du, Miriam?«

Schnappschuss.

Tami Shalev hält genau diesen Augenblick fest, die Furcht in Miriams Gesicht – nur zufällig, denn Miriam ist nur eine Randfigur, im Mittelpunkt steht der irre Typ mit der Pudelmütze. Erst auf dem entwickelten Foto, erst in Jerusalem sieht Tami auf dem Abzug das Mädchen und ihre Angst. Sie vergrößert das Foto und will noch einmal nach Tel Aviv reisen, um Miriam zu suchen.

Nachwort des Autors zur Neuausgabe

Albert Einstein soll gesagt haben: »Zwei Dinge sind unendlich. Das Universum und die Unnötigkeit des Nahostkonfliktes. Ihr spinnt doch alle!« Er erklärte dies aus sicherer Entfernung. Wer in der zweiten Hälfte des 20. Jahrhundert in den USA oder Europa lebte, musste meist wenig Angst vor religiösen Eiferern haben. Wir fühlen uns heute vor solchen Fanatikern nicht mehr ganz so sicher. So führen islamistische Selbstmordattentäter oder Bombenleger von einer Sekunde auf die andere einen Kriegszustand herbei und verunsichern Menschen. Ihr Ziel ist die Destabilisierung stabiler Systeme.

Israel baute Anfang der Jahrtausendwende eine Mauer um palästinensische Gebiete, um sich vor dem Terror zu schützen. Der vorliegende Roman *Checkpoint Jerusalem* endet mit diesem Mauerbau. Als der Text vor zehn Jahren zum ersten Mal bei cbt erschien, brachte sich fast täglich ein muslimischer Palästinenser um und riss Menschen mit in den Tod. Ich habe mich damals bemüht, vorurteilsfrei an die Nahostproblematik heranzugehen. Das ist schwierig, wenn man Deutscher ist und der Opa von den Nationalsozialisten im KZ Buchenwald gequält wurde.

Meine Hoffnung ist, dass die Geschichte nicht nur einen Einblick in das Thema Nahost bietet, sondern deutlich macht, wie stark Emotionen eine Rolle in der dortigen Gesellschaft spielen.

Roter Faden ist die Liebesgeschichte zwischen dem Palästinenser Amer und der Jüdin Maya, aber auch die Planung eines Attentats. Klar wird, dass Letzteres nicht zum Frieden führen wird. Nur menschliche Nähe und Zuversicht können solch komplexe Probleme lösen und für Frieden sorgen. Es ist hilfreich, den Nahostkonflikt zu betrachten, um den weltweiten Terrorkrieg, in dem wir uns heute befinden, und die Flucht von Millionen besser zu verstehen. Auch Amers Familie flüchtet am Ende vor dem Irrsinn.

Seit der Veröffentlichung des Buches konnte ich u.a. für das Goethe-Institut die Region bereisen. Bis heute versuche ich, Menschen davon zu überzeugen, sich Israel anzusehen und nicht von den Nachrichten abschrecken zu lassen, da sonst die Fanatiker gewonnen haben. Sie wollen, dass wir nicht mehr die Nähe zum anderen suchen, ihn nicht mehr kennenlernen – und somit in Vorurteilen verharren. Doch wir brauchen die Nähe, denn sie führt zu Respekt und Frieden.

Die Recherche für das Buch wurde vom Deutschen Auswärtigen Amt unterstützt. Ohne die im Folgenden genannten Menschen hätte ich den Roman nicht schreiben können: Ulrich Sahm (damaliger Israel-Korrespondent n-tv), Diet Koster (Leiterin eines Waisenhauses in Bethanien), Wilhelm Goller (ehemaliger Leiter der Schule Talitha Kumi), Tobias Gehle (WDR-Redakteur).

Manfred Theisen, Köln, im Juni 2015

Glossar

Aljazeera: arabischer Nachrichtensender

Arafat, Jassir: geb. 1929, gest. 2004. Geburtsort unklar: Jerusalem, Gaza oder Kairo. Der Palästinenserführer und Friedensnobelpreisträger hat die Vision von einem eigenen Staat Palästina. Mit neunzehn Jahren schmuggelte er Waffen für die arabischen Truppen im ersten israelisch-arabischen Krieg und gründete 1959 die militante Organisation Fatah, die 1969 in die PLO (Palästinensische Befreiungsbewegung) aufgenommen wurde. Arafat selbst wurde zum Präsidenten der PLO und blieb es bis zu seinem Tod 2004.

Dschinn: Name für mythische Gestalten. Unsichtbare Geister, die sich in Tiere oder Bäume verwandeln können und geschaffen sind aus dem Gluthauch der Wüste. Sie bevölkern die Unterwelt, aber auch die Erde, bringen Krankheiten und haben angeblich schon Kinder und Erwachsene entführt. Dschinn treten im Koran immer wieder auf. Es gibt auch Sprüche wie: Den hat der Dschinn geritten.

Dschihad Al Islami: (arab.: sich bemühen) Meist als »Heiliger Krieg« bezeichnet, geht es beim Dschihad um das

»Sichbemühen auf dem Weg Gottes«. Dabei ist zu unterscheiden: 1. Der innere Kampf des Einzelnen, der seinen eigenen Glauben entwickelt. 2. Der äußere Kampf gegen die Ungläubigen (muss nicht unbedingt mit Waffen, sondern kann auch mit Worten geführt werden). Stark kriegerische Züge erhielt der Dschihad durch die Kreuzzüge im Mittelalter, als Muslime ihren Glauben und ihr Land (Dar al-Islam – Haus des Islam) verteidigen wollten. 1948 wurde der Begriff wieder aktuell, da mit der Gründung Israels Muslime den Verlust ihres Landes befürchteten. Gründer des heutigen »Dschihad Al Islami« war Farhi Shkaki, der 1995 auf Malta erschossen wurde. Shkaki glaubte, wirklichen Frieden im Nahen Osten könne es nur geben, wenn der Staat Israel von der Landkarte verschwinde.

11. September: Terroristen zerstören am 11. September 2001 mit zwei entführten Passagierflugzeugen das World Trade Center in New York. Eine dritte Maschine fliegt ins Pentagon in Washington.

Hamas: (Harakat Al Mukaouama Al Islamijah) Bewegung des islamischen Widerstandes, genauer, ihres militärischen Arms, der sogenannten Kassam-Brigaden. Die Hamas fördert im Westjordanland und Gazastreifen soziale Projekte. Dadurch ist sie in der Bevölkerung beliebt – siehe auch unter *Selbstmordattentäter* der Hamas.

Imam: Vorbeter in einer Moschee und meist Religionsgelehrter

Intifada: (arab.: Erhebung, abschütteln) Massenprotest und Aufstand der Palästinenser in den seit 1967 von Israel besetzten Gebieten. Der Begriff steht für die Erhebung der palästinensischen Jugend gegen die israelische Armee (dabei sind über 50 Prozent der Palästinenser unter 18 Jahre alt).

1. Intifada: 1987-1993. Auslöser: Ein israelischer Militärlaster raste in eine Reihe palästinensischer Autos, wobei vier palästinensische Arbeiter getötet wurden. Die Palästinenser hatten den Verdacht, dass dies ein Racheakt für die Ermordung eines israelischen Geschäftsmannes war. Die Beerdigung der Opfer wurde zur Demonstration. Schnell breiteten sich die Unruhen aus. Die 1. Intifada wurde oft als Steine-Intifada bezeichnet, da die Jugendlichen mit Steinen in der Hand gegen israelische Soldaten kämpften.

2. Intifada (auch *Intifada 2000* oder *Al-Aksa-Intifada*): Auslöser im September 2000: Ariel Sharon, damals Führer der rechtsgerichteten Opposition im israelischen Parlament (Knesset), besucht unter massivem Polizeischutz den Tempelberg in Jerusalem, wo Felsendom und Al-Aksa-Moschee stehen. Sharon wollte mit dem Besuch den Anspruch Israels auf die heiligen Stätten untermauern und zog sich den Zorn der muslimischen Palästinenser zu. Gleichzeitig hatten sich die Lebensbedingungen der Palästinenser stark verschlechtert. All ihre Wut, Enttäuschung und Demütigung entlud sich nun in der 2. Intifada. Es folgten Selbstmordattentate von Palästinensern und Vergeltungsmaßnahmen der israelischen Armee, die bis heute anhalten, wobei schon längst nicht mehr festzumachen ist, wer für welche Tat des Gegners Vergeltung übt.

Israel: Staat (gegründet 1948) an der Schnittstelle zwischen Europa, Afrika und Asien – etwa so groß wie das deutsche Bundesland Hessen. Kulturelles Zentrum des Landes ist die Stadt Jerusalem mit der Klagemauer und dem Sitz des Parlaments – 20 Prozent der israelischen Bürger sind palästinensischer Herkunft.

Jüdische Strömungen: (Orthodoxe, Konservative, Reformjuden) Die fünf Bücher Mose (Pentateuch) der Bibel sind das religiöse Kernstück des Judentums. Die auf Pergamentrollen geschriebenen fünf Bücher – Thorarolle – werden verehrt und in der Synagoge in einem Schrein aufbewahrt. Grob gesehen gibt es drei Strömungen des Judentums: Orthodoxe, Konservative, Reformjuden. *Orthodoxe Juden* nennen sich selbst *thoratreu*. Sie haben alle Gebote Gottes genau zu befolgen, z. B. den Schabbat streng einzuhalten, auf den Genuss von Schwein und Blut zu verzichten. Fleischiges und Milchiges dürfen sie auf keinen Fall in einer Mahlzeit zu sich nehmen (*koscher* essen). Hingegen legen die *konservativen Juden* all diese Gebote und Gesetze weniger streng aus, noch weiter entfernt von den orthodoxen Vorstellungen sind die *liberalen* oder *Reformjuden*.

Knesset: Ein-Kammer-Parlament (120 Mitglieder) des Staates Israel

Keffiye: Kopfbedeckung. Sie besteht aus einem diagonal gefalteten Stück Baumwollstoff, das mit einer schwarzen Schnur befestigt wird. Das schwarz-weiße Würfelmuster wurde und wird bis heute von palästinensischen Bauern getragen. Nach der Gründung Israels wurde die Kopfbedeckung zum Symbol für den palästinensischen Kampf. Der palästinensische Präsident Yassir Arafat trägt bis heute das Tuch.

Kibbuz: Keimzellen des Staates Israel sind die landwirtschaftlichen Siedlungen, die es seit Beginn des 20. Jahrhunderts gibt.

Kippa: Kleine runde Kopfbedeckung der jüdischen Männer. Es gibt auch Ausführungen mit farbigen Motiven für Jungen.

Mauerbau: Um sich vor palästinensischen Terroristen zu schützen, baut das israelische Verteidigungsministerium seit dem 16. Juni 2002 Mauern und Zäune um die besetzten palästinensischen Gebiete. Sollten alle Gebiete mit palästinensischer Bevölkerung eingeschlossen werden, müsste die Mauer rund 320 Kilometer lang sein. Zu teuer, meinen einige israelische Politiker, zu unmenschlich, sagen andere. Palästinenser und israelische Mauergegner nennen die schon zum Teil fertiggestellte Mauer *Apartheidswand*. Der Begriff *Apartheid* spielt auf die frühere Trennung von Weißen und Farbigen in der Republik Südafrika an.

Mekka: Stadt in Saudi-Arabien. Wichtigster Wallfahrtsort des Islam. Geburtsstadt Mohammeds.

Palästinensische Autonomiegebiete: Die etwa 6000 Quadratkilometer großen Gebiete sind seit 1967 von den Israelis besetzt. In den Städten Ost-Jerusalem, Hebron und Bethlehem befinden sich heilige Stätten der Juden, Christen und Moslems. Grob lassen sich zwei palästinensische Regionen unterscheiden: Westbank (Westjordanland) an der Grenze zu Jordanien und der Gazastreifen im Süden am Mittelmeer im Grenzgebiet zu Ägypten. Seit der Gründung des Staates Israel ist ein großer Teil der palästinensischen Bevölkerung um einen eigenständigen Staat in Westbank und Gazastreifen bemüht.

Pessachfest: Achttägiges jüdisches Fest im März/April, das an den Auszug der Juden aus Ägypten erinnert

Rabbiner: Gesetzlich-religiöses Oberhaupt der jüdischen Gemeinde, Richter, Schriftgelehrter

Schabbat: beginnt Freitagabend bei Sonnenuntergang und endet Samstagabend nach Sonnenuntergang. Es ist der jüdische Ruhe- und Feiertag, der siebte Tag der Woche, der an die göttliche Schöpfung erinnert.

Selbstmordattentäter oder Märtyrer: Die Palästinenser bezeichnen mit dem Wort *Märtyrer* Männer und Frauen, die im Namen Allahs (Gott) angeblich für die Befreiung

Palästinas sterben – sich beispielsweise in einem voll besetzten Bus in die Luft sprengen. Eigentlich darf sich im Islam wie auch im Christentum ein Gläubiger nicht selbst richten, da er damit in den Plan Gottes eingreift. Jene, die sich für den Märtyrertod aussprechen, argumentieren, dass der Attentäter nicht stirbt, sondern gleich ins Paradies kommt, um dort weiterzuleben. Somit sei ein Märtyrer kein Selbstmörder. Für die Israelis sind solche Märtyrer jedoch Selbstmordattentäter oder Terroristen.

Hamas-Attentäter durchlaufen ein Trainingscamp mit Schulung in Glauben und Nahkampf. Attentäter dürfen nicht die ältesten Söhne einer Familie sein und auch nicht aus Familien stammen, in denen schon ein Familienmitglied von den Israelis getötet wurde. Mit letzterer Regel soll ausgeschlossen werden, dass die Täter aus Rache handeln. Die Familien der Selbstmordattentäter erhalten eine Rente und die Hamas übernimmt die Auslagen für die Schulbildung.

Dschihad-Attentäter: Junge Frauen und Männer werden mit Sprengstoff und Nägeln bewaffnet in den Tod geschickt, um Juden mit in den Tod zu reißen. Nur sehr wenige Personen werden über das Ziel informiert. Zurückgebliebene Familienangehörige erhalten eine Rente. Insgesamt sind die Dschihad-Attentäter nicht so gut ausgebildet und die Aktionen nicht so genau vorbereitet wie die der Hamas-Attentäter.

Sharon, Ariel: geb. 1928, gest. 2014. Sohn eines polnischen Vaters und einer russischen Mutter. Mit 25 Jahren befehligt er eine Geheimtruppe, die feindliche Stützpunkte jenseits der israelischen Grenze ausschalten soll. Nahm seit den 80er-Jahren mehrere Ministerposten ein. Wurde seines Amtes als Verteidigungsminister 1982 enthoben, nachdem ihn ein Knesset-Untersuchungsausschuss mit dem Massaker an palästinensischen Flüchtlingen in den Beiruter Flüchtlingslagern Sabra und Schatila in Zusammenhang brachte. Am 6. Februar 2001 wurde Sharon zum elften Premierminister Israels gewählt.

Synagoge: Jüdisches Gottesdienstgebäude und Versammlungsort der Gemeinde

Taudschi/Tawjihi: Palästinensisches Abschlussexamen nach der 12. Klasse. Ermöglicht ähnlich unserem Abitur ein späteres Studium.

Manfred Theisen

Nerd Forever

Computer- und Handyexperte Nerd kennt sich aus mit dem World Wide Web – und mit Top-Mobbern wie Rick und Darwin in seiner Klasse. Geistesgegenwärtig meistert er das Leben zwischen Tastatur und Schule und zeigt am Ende den Pfeifen, wo es lang geht!

Nerd Forever –
Im Würgegriff der Schule
Band 1, 280 Seiten,
ISBN 978-3-570-22393-2

Nerd Forever –
Ich glaub mich trifft der Ball
Band 2, 184 Seiten,
ISBN 978-3-570-15790-9

Nerd Forevert –
Klassenfahrt in die Hölle
Band 3, 192 Seiten,
ISBN 978-3-570-31045-8

www.cbt-buecher.de

30230_3

Manfred Theisen

Weil es nie aufhört

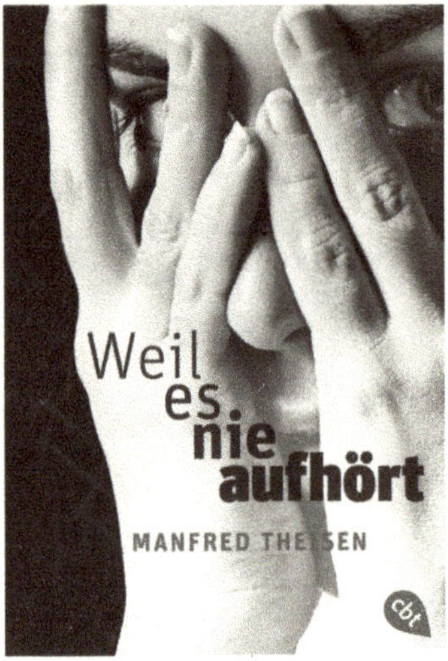

ca. 288 Seiten
ISBN 978-3-570-30902-5

Alissa geht auf die achte Klasse und träumt davon, ihr nächstes Schuljahr in Neuseeland zu verbringen. Alles ist gut. Da lernt sie auf Facebook Leon Mask kennen, einen Typen in ihrem Alter, der sie versteht. Bald chatten beide häufig miteinander. Immer intimere Details tauscht Alissa mit dem Unbekannten schließlich auch via Skype aus. Was sie nicht weiß: Leon Mask filmt mit, als Alissa ihren Oberkörper enthüllt. In der Folge erpresst Leon Mask Alissa, wenn sie nicht das macht, was er will. Als Alissa sich wehrt, tritt Leon Mask eine Cybermobbingkampagne los. Bald nennen sie Alissa an der Schule die „Facebook-Schlampe". Polizei und Eltern sind machtlos, finden nicht den Täter hinter Leon Mask. Selbst als Alissa die Schule wechselt, folgt er ihr …

30120

cbt

www.cbt-buecher.de